歌集

ゆらりゆうらり

高橋睦世

現代短歌社

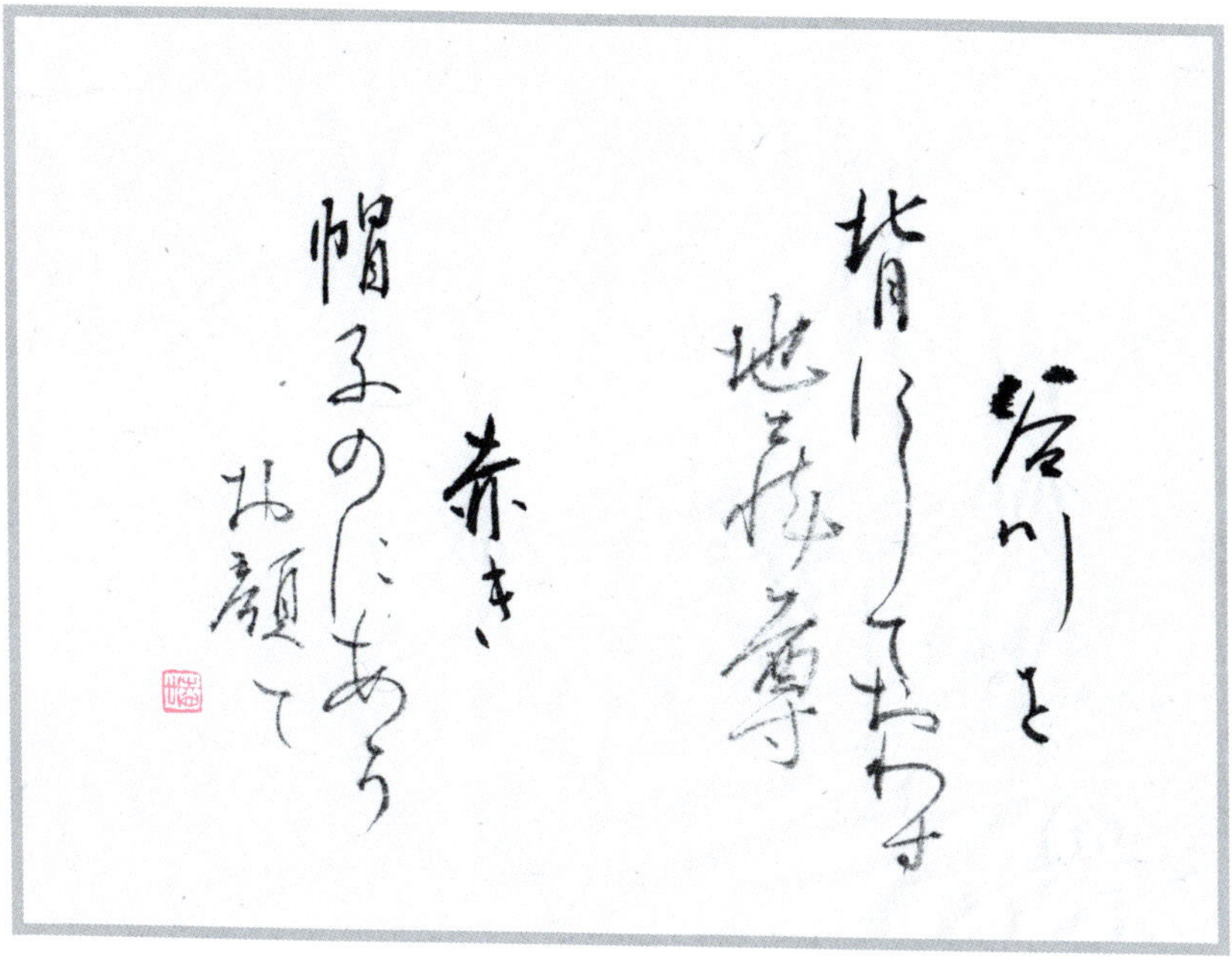

著者書

目次

Ⅰ　短歌　九

ゆらりゆうらり

Ⅰ 短歌

潮の香

淡路島と真向かうしばし傍らに祖母立つようなそんな秋の日

束の間を幼に戻りて眺めやる秋の光のきらめく波を

昔日の面影はなき人工の砂浜に波の寄せては返す

目を閉じて立つわが巡り幼日と変わらぬ潮の香満つる海岸

太古よりありし如くに海峡を跨ぐ大橋陽を受けて立つ

昼網の競り終わりたり漁港には洗いしトロ箱高く積まれて

聞くとなくしばし聴きいつ海原に向かいて老いのハーモニカ吹くを

いかなご漁の解禁近し如月の海面の耀い日毎に強く

早春の潮より上げたるままの香を放ちて生のわかめの売らる

橋脚のあたりに漁船集い来るいかなご漁の始まる朝

大橋の影

漁火の徐々に明るさ薄れゆき大阪湾に朝日射し来る

漁終えて舟みな港に戻りたり海面すれすれにかもめ群れ飛ぶ

黒き線となりて水面に揺れており海峡跨ぐ大橋の影

木枯しの吹きしと聞ける昼下がり紀淡海峡に島浮きて見ゆ

春の海とまがう静けさ餌をあさる鳩の足跡砂浜にあり

紀伊半島の稜線のみが淡く見ゆ海面は霧に包まれていて

潮満ちてくる気配あり砂浜の吾が足跡に渚の迫る

幼子と大人と犬の足跡の渚に続く春浅き浜

戻り来る舟追うかもめの見当たらずいかなご漁の今年は不漁

いかなごの水揚げのなき漁港にはトロ箱高く積まれしままに

淡彩の水彩絵の具に彩らる六甲山より望む港は

携帯のメール読みている青年　時おり見やる磯釣りの浮き

あるがままに

長閑やかに神楽の笛の聞こえ来る八幡の杜　初日明るし

何事もあるがままにと神殿に拍手打ちて手を合わせたり

ＳＬの煙の香残る如くあり鉄路に沿えるわが生れし家

線路沿いの家に住みていし幼日の夜汽車の汽笛子守唄にて

絵日記を仕上げてないと叱られて泣き泣き書きし幼日の夏

わが生れし街歩みたり幼日の思い出のかけら落ちてはいぬかと

幼日の思い出遥か七夕の笹を浜辺に流したことなど

発祥の地という碑立ちていてかつての学舎偲ぶものなし

淋しさは封じ込めたり母校跡の公園で子等の遊ぶ姿に

山頭火の俳句をむさぼり読みていし日々遥かなり猛暑日続く

真夜中のまちがい電話に起こされて寝付かれぬまま時鳥聞く

供花

部屋中に淡き香満たしぬ仏壇の父に供えし水仙の花

庭先の水仙摘みて束ねしを父の忌日の供花となしたり

黄菊はや咲き出でにけり鶏頭と桔梗を添えて仏花となしぬ

熱き茶を入れて仏前に供えたり小菊満開　今朝は快晴

大晦日に夫の葬儀を出してより雑煮を作らず七年が過ぐ

仏壇にバレンタインチョコを供えようか共に夫なき二人が笑う

おじいちゃんと呼ばれることなく逝きし夫の遺影はいつも五十七歳

ドラセナはオアシスに根を下ろしたり切り花にては生終わらじと

精霊を迎える朝ふんだんに庭の花切り供花となせり

棚経を上げる僧侶の首筋の輪袈裟に汗の染みこんでいる

精霊となりて戻るは十度目ぞ夫の遺影は年取らぬまま

幼日の思い出遥か浜辺にて精霊流しし旧盆十五日

実家の墓守るのはわが一代と蟬時雨の中花を手向けぬ

所詮独り生きゆくはひとり　向日葵の己が向き向き夏の日を浴ぶ

並木路

老母の名をタオルにパジャマに印しゆく明日は施設に移る夕べを

隣室に死者ありし事を話さずに母の見舞を手早くすます

血を見れば卒倒するから助産師にならずと老母の思い出話

自らの葬儀を頼むと老母の言う認知症など忘れたように

帰省せし子の夕餉にと菜園のきゅうりは酢の物おくらは煮物に

一つ目の角を直角に曲がりゆき任地へ戻る子視野より消える

任地へと戻りゆく子の後ろ姿の並木路に遠く点と消えたり

戻り来し子は三日ほどとどまりて昨夜任地に帰りてゆけり

婚活を諦めし子が連休の旅行計画をメールで知らせ来

デジカメに写る自が顔見て笑う　今風に孫を喜ばす術

父の背

父の背を見て育ちたる我ならん趣味は写真と花植えること

使うことなきを願いて持ちてきぬ緊急用の携帯電話

強き性を持つと易者にいわれたり当たる当たらぬは私が決める

三階より隣人の声の降ってくる「バッグの口が開いているよ」

近隣に葬儀ある度亡き夫の香典帳繰るわびしきわが所作

桜見に家を出でんとする間際知人の夫の訃報が届く

天国には届かぬ電話　急逝を友の夫より告げられている

たどたどしく般若心経唱えたり急逝せし友へ届けとばかりに

その昔通いし道をたどりゆく校歌を小さく口ずさみつつ

終刊の特別企画なきままに最終号出る短歌現代

思い出は心の中に残すのみ古き日記はすべて処分す

携帯からスマホに変わっていくらしい　最早ついてはいけない私

作法など知らないままに飲む抹茶口に苦味の広がってゆく

玉子焼きに砂糖を入れるか入れないかホームページに書き込み多し

処置室

血まみれの歯の根三つを見せられて抜歯が終わる　ため息ひとつ

奥歯一本失いてより旬日を大げさに世をはかなみて過ぐ

病院を出でしより笑みこぼれ来る胸部ＣＴ異常なしとて

院長もスタッフも皆女性なりわが眼圧をてきぱき測る

オレンジの光を見よと指示受ける検査内容知らされぬまま

寝る前の一滴が眼圧を下げるとぞ落ち込みながら貰う目薬

がん検診受ける婦人科外来は廊下も壁も淡き暖色

夫と共に妊婦健診受けに来る若きが目立つ産科外来

山道を友に遅れず歩む夢左足の痛み覚えぬままに

じんじんと足裏襲うしびれ感増幅されて真夜を覚めおり

心まで見透かされしかＣＴの写真が暴くわが腹の中

使われず一年が過ぐ部屋隅に置きし入院準備のバッグ

ガンを病む医師のうなじの細きかな診療室にカルテ書きゆく

消えなんとする命また誕生もあらんか明るく病窓灯る

ホスピスの予約をせしとのうわさ聞く友の賀状の文字乱れなし

日常のひとこまならん看護師等廊下に並び遺体見送る

処置室の子の叫び声その母はドアの外にて立ちつくしおり

会食の始まりてよりしばらくは持病の話で盛り上がりたり

キャタピラの跡

穏やかに菜の花咲かせる河川敷氾濫の跡は修復されいて

河川敷にキャタピラの跡幾筋も洪水あとの復旧工事の

氾濫せし川沿いにある田の稲穂倒れたるまま色づきている

台風の余波の風舞う明け方を雨雲東へ走りておりぬ

ケイトウもコスモスも風に倒されて台風一過秋の日の射す

一分とは意外に長し震災の刻に合わせて黙禱していて

震災で被災されしかビル街の地蔵尊新しき祠におわす

表向きは復興なりしと地蔵尊に手を合わせたり震災記念日

東日本大震災

避難所の映像涙でぼやけ来る神戸のときもかくありしとぞ

勤務校が避難所たりし思い出の昨日の如く鮮明にあり

被災地の人にも食べて貰いたし神戸名産いかなごの釘煮

原発の白煙上げる映像に唯ただ恐怖　声呑みて見る

人智には限りあることまざまざと放射能漏れの原発が示す

がんばれと言うは酷なりがんばろうの言葉渦巻く東北の街

被災者に勇気与えるなどという有名人の傲りの言葉

子らの歓声

ランドセル揺すりて幼の駆けてゆく舗道の上は既に葉桜

曇り空の下に弾ける登校の小学生の声しばらく続く

通学の小学生ら過ぎゆきて再び戻る朝の静寂

コスモスの見頃となりて遠足の子らの歓声ひびく公園

森の中より響き来る子らの声台風一過の遠足日和

かけっこの練習をする幼らを秋日柔らかに包みていたり

校庭に組体操の演技する子らのズボンの土にまみれて

ポケットに手を突っ込んで少年の登校してゆく秋冷の道

通学路を一気に駆ける少年の背にはらはらと風花の舞う

特急の座席に一粒チョコレートを残して幼の降りてゆきたり

幼児の泣き声聞こえる街となる空き地に二軒の新築なりて

満面の笑みを浮かべる看護師の目線の先に幼の笑顔

出発進行

隣席の若き女の化粧する気配伝わる昼の地下鉄

地下鉄の車中に化粧を直し終え携帯メールに耽る若き娘

若いとはいえぬ女も口紅を指しつつ朝の電車に揺れる

早朝の地下鉄の中握り飯ほおばるもありパン食べるあり

一人降り一人乗り来し地下鉄の車両の混雑変わることなし

遠きもの見つめる目して白人の青年坐しいる昼の電車に

運転士の張りのある声ひびきたり「出発進行」込み合う車内に

発車間際のホームに響く駅員のアナウンスの声上ずっている

大幅に電車遅れるＪＲ二か所で自殺者ありと伝える

そそくさと男二人が降りてゆく女性専用車両と気づきて

濃紺にダークグレーの一団が改札出てくる退け時の駅

退け時の梅田地下街足早に動く歩道を歩む人の群れ

パネラーの声

持ち時間を過ぎても発言する人に苛立ち抑える司会者の顔

頬杖を付きてしばらく瞑想しやがて書類を読みゆく男

パネラーの声穏やかに続く部屋時おり響く携帯着メロ

深海の魚になりたる心地なり窓なき部屋で研修受けいて

ひとことも聞き洩らさじとするほどに瞼は重し午後の講演

話し手の声のみ通る大広間にエアコンの音重く響けり

窓のなき広間に灯るシャンデリアCO_2排出量のいかばかりかと

日の射さぬ部屋に一日を過ごしたりビル出でし街に淡き夕影

霰の音

春色のチューリップ咲く花舗の窓をひとときき霰の音高く打つ

ウィンドーのマネキン既に春色をまとえり街に風花の舞う

エアコンの効く茶房より見る外の面春近づくを思わす陽射し

始業には暫しの時ありビル街を朝日の淡く照らす早春

ビル街を黒きスーツの群れがゆく四月朔日入社式の日

人住まずなりし隣家の山桜桃たわわなる実の朱鮮らけし

久びさに行きし蕎麦屋のつゆの味変わらず息子が跡継ぎている

抹香の香を振りまいて老僧がバス降りてゆく朝の街へと

運転席にネクタイ結んでいる男出勤途中の信号待つ間

昔日の街並はもう見られぬと故郷に戻りし友の便りに

高齢化と言われているのにデパートの服の売り場は若向きばかり

春の嵐に物乾し竿でダンスするシャツとズボンの激しい動き

裏戸より出づれば夜気に湿りたる若葉の香りわれを包めり

水輪

田植すみし田に夏雲の影映す梅雨の晴れ間の風はさわやか

なるようになるかならぬか梅雨空につばめ数羽が低く飛び交う

発令に継続中に解除にと気象情報めまぐるしき朝

舗装路に叩きつけられる雨の粒　水輪次々出来ては消える

除草剤の効果切れたる空き地には再び芽吹く夏草あまた

窓開けて眠る真夏の夜の更けて諍う声に目を覚まされる

オリンピック中継続く真夏日は巷のニュース知らされぬまま

時鳥の鳴き声初めて聞きし日に天気予報は入梅告げる

眠れずにいる熱帯夜　二度三度救急車の音近づきて去る

旧盆の過ぎても続く熱帯夜未だに虫の声聞こえ来ず

ようやくに残暑の去りてマンションの陰に涼しき風の流れる

枯落葉

犬連れて毎朝出会う人の名も住所も知らず会釈を交わす

家中の部屋に夜通し灯ともして男一人が住みている家

舗道に小さき枯葉の渦巻きて木枯し一号吹くという朝

寒々と冬の日暮れて隣家にはいまだ明かりの灯らずにあり

からからと舗道を舞う枯落葉見るとなく見てバス待ちている

朝の気を引き裂く如く暴走のバイク数台の走り去る音

遠慮がちにクリスマスソングの鳴り始む霜月をあと二日残して

空気抜かれ玄関先にへたり込む二十六日のサンタクロース

雲一つなき冬空に工場の煙ひとすじ真直ぐに上る

スーパーが開店してより市場にはシャッター下ろす店の増えたり

暖冬という言葉など忘れおり庭一面の霜柱見て

石畳に冬の日射しの降り注ぐ如月半ばの光明るく

風邪引きて籠る数日庭隅の紅梅のはや満開となる

寒波去り畑の草抜く昼下がり電話のベルのしばらく続く

体内時計

昨日より今日へと移る文字盤の針青白く闇に浮き出す

夜半覚めてみる文字盤の針すでにわが生日となるを示せり

狂いいる体内時計きのう今日夜更けに起きて茶を沸かし飲む

隣家の網戸が風に揺れる音に寝付かれずおり未だ丑三つ

ようやくに歌集一冊読み終えり窓にしらじら夜明けの光

早朝にウォーキングするわが巡りひとしきり薄き霧の流れる

目の位置を鴉の止まる大木に当ててウォーキングの練習をする

楽太郎の落語を聞いてきた夜は肩の力のやや抜けている

戻り来し家内に三つ四つ待ちている雑用のあり日の暮れ早し

折に触れ佐太郎を読めと吾に説きし師の忌は紅葉極まる季ぞ

威勢よくマスターの声が響きおり昼時の茶房は満席にして

束の間の旅

流るるともなくたゆたえる倉敷川水面に映る白壁揺れて

平福の道の駅にて求めたり先のほおけし土筆ひと束

整備されし平福佐用川道の駅師の故郷に近き街なり

梅雨晴れの佐用川の水澄みており川遊びする子らが数人

足元を見つつ踏み締め登る道両側はいつか孟宗の林

春霞む淡路島影集落の屋根屋根にぶく光を返す

水張田の空を映して静かなり春日の局の生れしという村

仕舞屋の続く鯖街道熊川宿昔はすべて店にてありしと

鯖街道熊川宿に求めたりへしこ鯖寿司友への土産に

マンホールの蓋の模様は赤とんぼ童謡の里に秋深み来て

木漏れ日に息白く見ゆ山里の公孫樹大樹の黄葉敷く上

久々に乗りし六甲のケーブルカー谷間に山茶花の花盛りなる

わが為に買う土産物二つ三つ日帰り温泉の束の間の旅

雨よける場所とても無き交差路に立ちてガイドの説明を聞く

村雨堂の軒に雨避け聞く我らガイドは傘さし説明始む

須磨寺

首洗いの池に落ちくる水音の長閑に響く須磨寺の昼

敦盛の首洗いしという池に今睡蓮の穏やかに咲く

寺庭の木陰にあまたおわします地蔵のあたり涼風通る

新緑を背に並びいる六地蔵の目に染むまでの赤きよだれかけ

アキアカネの故郷ならんすいと来て境内の池に羽を休める

歌碑も句碑も敦盛像も濡れそぼつ須磨寺の境内に雨の激しき

睡蓮の花の数本咲く池にシオカラトンボ二匹舞い飛ぶ

止むことなく降り続く雨に境内の実家(さと)の墓参を諦めており

蓮池

思いたち転宝輪寺の蓮の花写さんと始発のバスに乗りたり

蟬しぐれに迎えられたり早朝の転宝輪寺に人影のなく

参道は原生林に覆われて鶯の声の時折聞こえる

原生林に空おおわれて日の射さぬ参道をゆく独りの歩み

本堂の戸の開けられて寺庭に箒目清しき転宝輪寺

御手にはみどり児を抱く水子地蔵　風車あまた供えられいる

参道の傍らに立つ地蔵尊　経読む声の低く小さく

蓮池の真中に立つ小さき堂に弁財天の祀られている

はちす葉に囲まれている御堂には色鮮らけき弁財天おわす

つくばいに水落つる音蟬の声蓮池のあたり涼風流る

大方は実となりている蓮池に咲きしばかりの花の数本

デジカメのシャッター切る音蓮池の静寂破り時おり聞ゆ

知らぬ者同士が挨拶交わしつつ蓮の花写さんとカメラ構える

去りがたく幾度も巡る蓮池の次第に強く朝日射し来る

箒目

心経を読む声の中啄木鳥の木を打ちたたく音冴え渡る

釈尊は外反母趾におわさずと目になぞりたり仏足跡を

火曜日は拝観休むという古刹賽銭箱のしまわれてあり

本堂に童謡のテープ流されて葬らるる人のいかなる一生

粛として朝の気満つる境内にくぐもりて鳴く鳩の声あり

編笠を目深に被り心経を誦しゆく僧は異国の女性

心経を誦しゆく札所の本堂に冬の日受けてうなじの温し

秋風に僧衣の裾をなびかせて托鉢僧の低く経読む

禅僧の素足の赤し寒風の吹く寺庭に箒目立てゆく

共に来し友の消息いかにかと一人訪ねる元興寺の庭

真言を三度唱えて一礼すビルに囲まれたる地蔵尊に

もみじ狩り

谷川を背にしておわす地蔵尊赤き帽子の似合うお顔で

落葉焚く煙幽かににおい来る太山寺境内鳥の声のみ

岩肌にもみじ数葉貼りつきて水音高き太山寺川

もみじ葉のときおり散り来る寺庭にさりげなく立つ句碑の幾つか

もみじ葉の散り敷く庭に薫風の創刊者の歌碑静もりて立つ

山里に鐘ひとつ鳴り紅葉狩る人の足音かすかな境内

浄財を納めて鐘撞く高源寺山里に大きく響けとばかり

落葉踏む足音のみの境内に紅葉おおかた散り落ちている

朝露に湿るもみじ葉踏み締めて階上りゆく歌碑を読みつつ

歌碑並ぶ石の階上りゆく頼政公の墓を訪ねて

檜葉の中に交じりて燃ゆるごと紅葉極まる楓の一樹

エメラルドグリーンの水面静かなり黄葉を纏う山を背にして

全山の黄葉映す頼政池水面に時おりさざ波の立つ

イギリスの旅

聞きなれぬ国の上空飛びているを機内の映像は地図に写しぬ

星ならんユーフォーならんと思いおり機の窓より見る大きな光

エンジンの音単調に響きいる機内は温し外気はマイナス

ひとときは沈まぬ太陽　エジンバラ空港にまだ明るさ残る

太陽の動きを追いて飛び来たりようやく降りるエジンバラ空港

八時間の時差越えて来しエジンバラのホテルに狂うわが体内時計

グッドモーニングと声掛けられておはようと返すしかない英国の旅

日本では今宵は月見　満月をウインダミア湖のホテルより見る

水脈引きて泳ぎ来るもの鴨一羽　霧のようやく晴れし湖面に

（ウインダミア湖）

牧草になかばは埋もれて草を食む朝の気の中羊の群れて

ちろちろと暖炉に炎上がりいるワーズワースの住みていし部屋

十日ぶりに見るＮＨＫの天気予報　関西はまだ残暑と伝える

イギリスの旅に出ていし十日間菜園の野菜の大きく育つ

雲上人

エンジンの音のみ軽き早朝の空港バスにひびく着メロ

体の浮く感触のあり機の窓に神戸の街が斜めによぎる

暮れなずむ雲海をときおり赤く染め飛行機より低く稲妻光る

西空のわずかに残る残照を機の窓に見てゆく空の旅

残照のもはや消えたる空をゆく飛行機着陸まで五十分とぞ

目の下にちぎれ雲見て坐す機上雲上人となりたる気分

アルプスの上空ならん山ひだに消残る雪を見下ろすしばし

窓際にただ眠る人雪残るアルプスの上を飛ぶも知らずに

アルプスの消え残る雪を目の下に機内にはしゃぐ幼の如く

上空の雲切り分けてプロペラ機種子島へとわれを誘う

快晴の飛行機の旅右の窓に新燃岳の噴煙の見ゆ

下降してしばし雲海ゆく飛行機の窓に町の灯近づきて来る

手を振れば答えてくれそうな低空を神戸空港へと機は降りてゆく

地球の自転

夏旅に出かける朝を植木鉢プランター集めて水撒きてやる

独り居の家内見回る三度四度「これでよし」とて旅に出で立つ

三日間の旅より戻る部屋内に月下美人の花咲き終わりいし

一泊の旅に知り合いし女三人夫の他界をしばし話題に

下北へ三泊の旅に出づる間に神戸はようやく梅雨の明けしと

懸命に飛ぶ朝がらすしばらくを特急列車と競うがごとく

海峡の向こううっすら韓国の山並望む国境の島

フェリーより振り返る壱岐の島に立つ風力発電の風車が回る

真青なる瀬戸海に小島の三つ四つマッシュルームを浮かべるが如

雪被り美しき姿に静もれる有珠山はかつて火を噴きしとぞ

露出せる山肌に湯気の這い上る箇所あり雪の昭和新山

高山の宿へと向かう道沿いに気温マイナス七度の表示

焼け焦げし戦闘機の展示に息のみて出でし知覧の空晴れ渡る

十階のホテルの窓に雨粒の打ちつけられて街の灯滲む

水平線に落ちる夕日の速きかな地球の自転を実感しており

スリムにて八頭身におわすとぞ百済観音を若人語る

二つ三つ鐘響き来る法隆寺風まだ寒き早春の朝

日を浴びて馬酔木の花の盛りなり若草山はいまだ芽吹かず

鵜舟

篝火に照らさるる川面に黒く浮き鵜の数羽がひもに繋がる

鵜舟過ぎて暗き水面に篝火の煙のにおい漂いている

鵜匠という名を授けしは信長ぞ家康もまた鮎を好むと

操りて鵜に鮎獲らすは宮内庁式部職との位持つ者

一夜明け夏空のもと長良川の流れの速し水青く清む

岐阜城へと続く山道登りゆく戦国武将になりたる気分

天守閣より見下ろせる長良川流るるともなく水澄みている

中洲には鵜飼観覧船十余り赤き屋根見せ繫がれている

人切りし過去もあらんか岐阜城の展示室には刀の並ぶ

鮎雑炊鮎の塩焼きの昼食で鵜飼見物の旅締めくくる

さくら　さくら

停まるたび満開の桜に迎えらる各駅停車の岩国への旅

三石のトンネル越せば岡山と祖母の言葉を偲びつつ行く

ＳＬの煙のにおい思い出す桜訪ねる独りの旅で

さくら　さくら　桜並木の向こうには消え残る雪被く山並

傍らに雪のかたまり残りいる永平寺でも桜満開

信号待ちで速度落せる窓の外に満開近き桜の大木

買物の行きと帰りに回り道してくぐりゆく桜のトンネル

満開の八重桜続く並木道木漏れ日くきやかに地上に踊る

早々と母校の桜咲き盛る入学式には散り落ちていん

桜花背に中学生のブラスバンド演奏の最後は「ふるさと」の曲

花嵐に散り敷く花びらを吸い上げて時折小さきつむじ風ゆく

ニセアカシア

霧晴れてゆく山麓を取り巻けるニセアカシアの花盛りなり

高速路の両側に続く白き花ニセアカシアの今を盛りと

山際にニセアカシアの香り充ち遠足の子等の上に漂う

蜂蜜の良き蜜源とされているニセアカシアは外来種とぞ

伐採を検討される要注意外来種というニセアカシアは

向日葵

向日葵のようやくわが背を追い越しぬいまだ蕾の小さきままで

梅雨明けの宣言いまだ聞かざるに庭の向日葵盛りを過ぎぬ

咲き盛るひまわりの群れに迎えられ遺骨となりて主帰り来

向日葵に見下されつつしゃがみ込む間近に土の湿り感じて

しゃがみ込み地を這う虫の目線にて見上げる空に巨大向日葵

お化け屋敷の妖怪よろしく向日葵は頭を垂れて種を太らす
向日葵の最後の一本咲き終わりようやく虫がすだき始める
ゆらりゆうらり

冬の雨に濡れそぼちいる蠟梅の今年初めて花をつけたり

桜花と紛うアーモンドの花盛りひと足早き花見となりぬ

笑むごとくわが方を向くパンジーの花咲きている今をさかりと

チューリップの花終りたる庭先はわがもの顔に金盞花咲く

大輪の金盞花咲くひとところ光集めてひときわ明るし

見えるところは全て小鳥に食べられて葉陰に残るぐみの実二つ

庭隅に鉄砲百合の咲き盛る紫陽花の下に雨避けるごと

人工の砂浜に淡き桃色のハマヒルガオの咲き始めたり

夕陽受けほろよい機嫌の酔芙蓉ゆらりゆうらり風に揺れおり

二十ほど薄紫の花付ける皇帝ダリア秋の日受けて

花すでに抜き去られたるコスモスの丘に二つ三つ秋の蝶飛ぶ

霜月の声聞きしよりひっそりと柊は白き花を付け初む

菊の香

秋の日の穏しく暮れる街角に草焼く煙のかすかに漂う

剪定の鋏の音の聞こえ来てうちの奥まで木の香広がる

極まれる桜並木の紅葉にしとしとと降る冬告げる雨

菊の香の中に埋もれ草を抜く晩秋の日の背に温かく

寒菊の咲きそろいたり冷えしるき庭に新春の光射し来る

白菊の咲きいる辺りぼんやりと薄明りする日暮れて後も

満開の小菊を巡り花虻の飛び交う羽音小さく聞こゆ

散り敷ける枯葉の上にどんぐりの落ちる音三度　静寂破る

道端に吹き寄せられる欅落葉雨に当たりて色鮮らけく

南京黄櫨

谷間に紫陽花群れて花のみがドライフラワーとなりて残れる

地に落ちる音のかそけく舗道に南京黄櫨の実転がりてゆく

青空に南京黄櫨の実浮き立ちて今宵はさらに冷えゆく気配

舗装路に小さき音立て舞い落ちぬ樫の一葉日射しを浴びて

はやばやと紅葉したる黄櫨の葉の秋雨の中鮮やかさます

南天の実の朱ひときわ鮮やかになりて師走の近づく朝

ガラス越しの冬の日射しの温かし南天の実の朱鮮らけく

側溝の半ばは落葉に埋もれて風ようやくに収まりし朝

山峡

穂すすきの風になびくを夕光の中に見たし　砥峰高原

群生のすすきの根元に咲いている竜胆ひともと淡い紫

天日干しの稲に出合えり山峡の道上がりゆくバスの右手に

山峡の休耕田に満開のコスモス揺れてたけなわの秋

糸の月

木星と金星の間に糸の月暁の空に朝の気冷える

中空に明けの明星と糸の月外灯いまだ明るく点る

糸の月と明けの明星寄り添えり日の出にはまだ暫しのありて

隣り家の窓に満月の映りおり少し歪みたる形となりて

半月の明るさのやや薄れ来てビル街淡きあかねに染まる

動くともなく動きゆくわた雲の高層ビルにかからんとする

筋雲の中に交じりて飛行機雲茜に染まり西へと延びる

金環の繋がりてすぐ離れゆく数分息をこらし見る

干し物を取り込みしより遠雷の轟き始む雨雲出で来て

菊苗とさつまいも苗を植えつけぬ入梅告げるニュースを聞きて

鉄塔の上をかすめて雨雲の北へと向かう走るがごとく

雷鳴の徐々に遠のく夕暮に雨音再び激しくなりぬ

幼子が眠る横顔に見える雲真夏の空にしばし留まる

窓を打つ雨音激しく目覚めたりようやく猛暑の収まる気配

松の秀に茜雲かかる秋の朝日の出に近く空白みゆく

自が影の向きで方角を推し測る正午を少し過ぎし広場に

機影

ゆっくりと東に向かう冬の雲に逆らいて行くヘリコプター一機

ちぎれ雲のはるか上ゆくジェット機が早春の日をあびて飛びゆく

見るうちに高度を上げてゆく機影パールブリッジの上に消えたり

轟音を響かせて飛ぶヘリコプター太陽の暈を横切りてゆく

入り日受け光の点となりて機の吸い込まれゆく茜の雲に

谷川の流れの向きは変わり来ず分水嶺はまだ過ぎぬらし

雪道

我よりも先に歩きし者のあり雪道に続く犬の足跡

じぐざぐに足跡付けて歩みゆく雪道にきしきし音を立てつつ

帰りには足跡既に消されいる雪しげく降るスーパーへの道

消え残る雪渡り来る風冷えて夕光淡く庭に射しおり

凍て付きし庭土ようやく緩む午後柿の根元に寒肥をやる

霜柱の未だ溶けざる畑土を小さき音立て踏み締めてゆく

うっすらと春の薄雪積む向こう黄砂に煙る山並の見ゆ

朝の語らい

群れ立ちて低く飛ぶ鳥海面に一羽下りれば全て従う

水脈引きて泳ぐものあり遠目にはかいつぶりとも鴨とも見えて

次々と尾を立てて水に潜りたり鴨の集まる小さき池に

一羽のみが立てるスペース白鷺が池の中洲に佇みている

白鷺はいよいよ白し濁り水の池の中洲に佇みている

絡み合う裸木の枝をかいくぐり目白の番が戯れ遊ぶ

じょうびたき目白ほおじろ飛び交いて寒さ和らぐ陽光の中

時おりは鋭き目にて睨め回しひよどりが林檎の切れ端つつく

うぐいすの声のみ続く登山道木洩れ日丸く落葉に揺れる

雷雨去りうぐいすの声聞こえ来る街に霧笛の太く響けり

裏山に近き我が庭名を知らぬ小鳥が餌を啄みに来る

鳩に雀ひよどり次つぎ茱萸の実を啄みて行く初夏の日受けて

鳩の群れの飛び立つ羽音高層のビル最上の階まで響く

晩秋の穏しき中を電線の鳩のつがいの朝の語らい

夜を込めて鳴きつぐ森の時鳥てっぺんかけたか　ほっちょんかけたか

朝より時鳥鳴く声しきり梅雨近づきて空気の湿る

双眼鏡のピントようやく合いし頃視野にはもはや小鳥のおらず

蟬の声

カーテンを透かして見える朝空は淡き朝焼け　ヒグラシの鳴く

熱帯夜のまさに明けんとするときをヒグラシの声繁く聞こえる

蟬しぐれ聞きつつ浸る朝風呂に今日の予定を考えており

油蟬の鳴き出す外の面昨夜よりの雨のようやく止みたる気配

農薬を撒かぬ団地の草むらにキリギリスの声しげく聞こえる

長雨の止みしひとときき黒揚羽は花を巡りて狭庭辺を舞う

庭隅の守宮に黒々と蟻群れて春の真昼に虫葬続く

仏壇に力尽きしか紋白蝶供花の菜の花の下に動かず

咲き盛るアリッサムの白き花の上を泳ぐが如く蜥蜴が走る

アキアカネの群を離れて一匹がコスモス畑に弧を描き飛ぶ

如月の日射し明るき池底に小魚群れて動かずにいる

小雀

窓開ける音を聞くより一斉に隣の屋根に逃げ飛ぶ雀

一握りの古米を撒きし庭先に集まる雀二十羽がほど

むくむくと羽根膨らませる雀たち屋根に並んで冬の日浴びる

ちゅくちゅくと鳴き声かしまし楠の梢に雀の群れて日を浴ぶ

木漏れ日は雀の背にも踊りいる五月晴れなる楠の木下に

小雀の土浴びてゆく畑には小さな窪みが作られている

柿の木に干からびし皮の揺れている果肉は雀に食い尽くされて

日の翳る庭に降り立ち餌をあさる雀の数羽は羽膨らます

鏡の中のかがみ

二千年の眠り覚まされ展示室にライトを浴びる人骨一体

右左元に戻りて時を指す文字盤鏡の中のかがみに

メモ見ては手話の練習する女　時に小さく独りごちつつ

ホコ天とは歩行者天国のことなりと初めて知りぬ新聞紙上に

カラオケに小遣いほとんどを費やすとマイク持つ手の様になる友

早朝より舗装路叩く雨の音外出するをためらいており

恋を知らぬまま生きて来し種牛の口蹄疫とて殺処分さる

妻死して子なく孫なくと独り居の男淡々と自己紹介する

基地移設金正日の葬儀などニュース事欠かず年暮れんとす

堂尾

長年の夢果たしたり三歳まで吾を育みし堂尾に立つ

故郷を恋うるにも似て疎開先の「堂尾」というを地図に探せり

「どうのお」は「堂尾」と書くと地図上に初めて知れり還暦過ぎて

勝間田が最寄りの駅という記憶を手掛かりとして訪いゆかんとす

ガラス戸の向こうに山が迫りいるかすかな記憶　疎開地の家

配給のミルクは僅か　貰い来し山羊の乳にて育てられたり

とりあえず祖母さえいれば満たされし疎開生活二年半ほど

むし芋を手に持ち祖母に背負われて神戸に戻る列車の思い出

父母の家に馴染めず堂尾に帰ろうと泣きたり祖母に抱かれて

身を寄せし親戚の家は既になく秋空の下静もる集落

つれづれに

マスコミを賑わす言葉セクハラにドクハラ・パワハラ次は何ハラ

勝つことが至上命令のスポーツ界　オリンピック精神はもはや空文

核のゴミは子子孫孫までも残るという核実験また原発のゴミ

賞味期限を五時間過ぎたコンビニの握り飯ほおばる　おいしいですよ

日の出早まり日の入りもやや遅くなり心ようやく上向いてくる

独りの宴

携帯(けいたい)電話と固定電話と子機二台持ちて独り居はや十年余

また独りの暮しに戻る盆明けの残暑の中に蟬時雨聞く

独り居の夕餉に使うと求めたり四国徳島すだちの醤油

旅先に求めし鯖鮨一本を三回に分け食べる独り居

わびしきと思うまじ夕焼けを背に一人住まいの家に入る時

部屋隅に時おりぼこぼこ音立てて加湿器深夜に作動している

戻り来し二階の部屋は三十二度彼岸の入りの空気淀みて

穏やかな晩秋の朝の日だまりに幼に戻り我一人立つ

秋の日の穏しき中に佇みてただひたすらに祖母に会いたし

傍らに祖母の寝ている心地して風邪熱去らぬ朝を目覚める

風邪の熱去らぬ夕べに懐かしき祖母の白粥擦りおろしりんご

風邪熱の兆す夕刻独り住む部屋にエアコンの音のみ響く

独り居の朝よりテレビ消さぬまま文したためる画面を見ずに

孤立無援の四文字が闇を駆け巡る屋根に霜の降りる早暁

一人用のローストビーフとオードブル買い来てイブの独りの宴

独り言いう吾が声に若者が振り返りつつ追い越してゆく

寝付かれぬままにスイッチ入れてみる深夜放送に演歌流れて

息吐くも吸うもおのれ独りなり庭先に薄く雪積む朝を

Ⅱ　文章

幼子のやうにいやいやしたくなる九月一日(ついたち)夏休み明け

小川 結花

「うんうん、そうそう、よく分かるよ。私もそうだった」

と、思わずうなずきながらこの一首を読んだ。作者は学校の先生なのだろう。私もかつては小学校教員だった。夏休みといえども教員は児童生徒と同じようには休めない。本当に休むには、年次有給休暇を取るしかないのが実情である。職員会議、研修、中学校や高校では部活の指導などで、土日の休日も返上しなければならない。

それにしても、普段の授業日よりは、少しばかりの気持ちのゆとりが持てるのが夏休みである。平素はよほどでなければとれない年休を取って、旅行や家族サービスが出来る。ひと息ついて心身のリフレッシュが出来る貴重な時期である。

始業式の前の夜、また当日出勤するまでのひとときは、仕事に向かう重圧に押され、何ともいえない気分に襲われる。教師の本音がこの歌の上の句に見事に表現されていて、感心して読んだ。

（平成二十年十一月）

鍬の土洗ひて野良の仕事終ふ裏の工場のベルが鳴るゆゑ

佐伯　恵美子

農業を生業としている人の歌である。裏の工場の終業のベルに合わせて、農作業を終える。仕事に使った鍬の土を洗い落とす。大切な農機具だからきっと丁寧に洗うのだろう。様子が目に見えるようだ。仕事に素材を求めて作る歌は、力強く読み手に迫ってくる。作者の何気ない日常生活の一コマをうまく切り取って、一首にまとめられたことが素晴らしいと思う。

この歌は、一首だけでも十分鑑賞にたえる歌である。しかし、五首の中の二首目の歌なので、他の四首を合わせて読むと、さらにこの歌の背景がよく分かる。

村に一つの工場だった。作業の合間のご主人と二人のティータイムも工場のベルが合図。その工場の閉鎖で、ベルが聞こえなくなり、扉が固く閉ざされて、雪の降る日はことさら淋しく感じている作者。これらの歌を合わせて読むと、抄出歌に込められている作者の感慨がより強く感じ取れるのである。

（平成二十五年三月）

いちはつの花咲きいでて我目には今年ばかりの春行かんとす

正岡子規『竹乃里歌』

春たけなわ、新緑が目にまぶしい季節になると、実家の庭すみにいちはつの白い花が咲き出してくる。派手さはないがどこか心に染み入るような、あじわいのある花である。この花を見るといつもこの歌を思い出すのだ。

子規晩年の歌で、彼は既にカリエスで寝たきりの生活を余儀なくされていた。庭のいちはつの花を見て、ゆく春を思い、自分にとって再び逢いがたい「今年ばかりの春」と感じているのだ。

大学入学と同時に作歌を始めた私は、庭のいちはつが咲き出すと、この歌を思い、何とも言えない感慨にふけっていた。

私が子規の歌を初めて読んだのは、中学校の国語の教科書だったと記憶している。

くれなゐの二尺伸びたる薔薇の芽の針やはらかに春雨のふる

瓶にさす藤の花ぶさみじかければたたみの上にとどかざりけり

二首ともに作歌とは無縁だった私にもよく分かる歌で、しかも観察眼の鋭さに感心させられたのである。

冒頭の抄出歌は、高校の頃に読んだ『竹乃里歌』で知ったものだ。『歌よみに与ふる書』などもこの頃読んでいる。作歌を始めたころの私は、子規から少なからず影響を受けている。

（平成十七年十月）

一首鑑賞　Ⅱ

つけ捨てし野火の烟（けぶり）のあか〳〵と見えゆく頃ぞ山は悲しき

尾上柴舟『日記の端より』

「伊豆にて、一首」という詞書を添えた、『日記の端より』の巻首の歌で、天城山のふもとで詠まれたものである。情景が目に見えるように分かる。

この歌を初めて読んだのは、二十二、三歳の頃で、若さゆえのいろいろな悩み事を抱えていた時期だった。

旅行の途中、日の暮れようとしている山間の道をバスに揺られていると、車窓からこのような光景をよく見かけた。

野火の炎が次第に赤さを増してきて、夕闇せまる山肌に煙が這い上がっていく光景は、何とも淋しくわびしいものだった。日が暮れてしまうと、明るい炎の赤さだけが浮き立ってくる。「悲しき」という言葉は使わないように、と教えられているが、この歌では、この言葉が有効に働いて、なんともいえない冷えびえとした情景を髣髴とさせてくれる。

柴舟は、仮名書道の大家でもある。かつて書の師が、「自分の好きな歌を選んで色紙に書くように」といわれた時、迷うことなくこの歌を選んだのである。

私の大好きな歌で、読むたびに目の前に情景が見えてきて、煙のにおいまで感じられるのである。

（平成二十年十一月）

一首鑑賞　Ⅲ

紙吹雪の五色が水にかたよれり　祭はきのふ　時雨かすぎし

頴田島一二郎『祭は昨日』

兵庫県尼崎市七つ松町の橘公園に、この歌碑がある。同じ町内に頴田島一二郎氏の自宅があり、散歩によく立ち寄られた公園だという。数年前の春に、尼崎在住の歌友に誘われて歌碑を見に行った。満開の花びらが時おり歌碑に舞い散り、何ともいえず風情があった。

この歌の情景が目に見えるようである。祭りが果てたあと、時雨が通り過ぎたのであろうか。水たまりに、昨日の「祭」でまき散らされた紙吹雪が、水に濡れてかたよっている。華やかな祭の後に残されたものには、なんともいえない侘しさ、さびしさが漂う。

氏は幼少の頃より病弱だった。最初の結婚では、三人の娘さんの内長女が夭折され、その後夫人も亡くされた。さらに七十六歳の時には次女を癌で亡くされた。その後に編まれた歌集に収録された歌である。単なる情景描写でなく、氏の人生のもろもろの感慨が込められている歌だと思う。

再婚し、ともに短歌の道を歩まれていた夫人にも先立たれたあと出された歌集『いのちの器』の中の歌にも心打つ一首がある。


玲瓏と命の器まつたけく九十歳にあと百日足らず

（平成二十四年五月）

霧笛 Ⅰ

ヒヨドリの死

朝出かけようとすると、隣の奥さんが、

「あのヒヨドリは死にましたよ。今、庭に埋めてやったところですよ」

と、声をかけてきた。猫に襲われて、瀕死の重傷を負った鳥のことで、彼女が家の中に入れて介抱していたものだ。

おとといの昼過ぎ、私が買物から帰ると、隣の家の庭から甲高い鳥の鳴き声がした。フェンス越しに見ると、敷石の上に鳥がうずくまっていて、傍で猫が前足を上げて襲いかかろうとしていた。かなり前からやられ続けているのか、飛んで逃げる元気もないようで、ちょこちょこと草の茂みの中に入り込んだ。

猫は手を出そうとするが、草にじゃまされて思うようにいかない。そばには抜けた毛が風に揺れている。私が猫をにらみつけても、平気な顔で、鳥に向かって行こうとする。

そこへ外のさわぎに気付いた奥さんが出てきて、猫をおっぱらった。そのままにしておくとまた猫にやられるから、と彼女は鳥を家の中にいれて保護してくれた。

彼女の話では、ヒヨドリは羽根がかなり抜け、片足が折れてぶらぶらになっていたそうだ。回復はむずかしく、治ったとしても飛べないだろう。また強い生き物に襲われて、生き延びることは無理らしい。

　自然界で生きる動物の厳しさを目の当たりに見せつけられた出来事だった。


（平成十七年四月）

霧　笛　Ⅱ

四国遍路

　今年の四月六日に、四国八十八箇所巡拝の旅がスタートした。第一回は一番から八番までである。来年の三月まで毎月一回、十二回に分けていくバスツアーである。

　好天に恵まれ、バスの窓からは、菜の花や桃の花、桜などの花盛りを見ながらの一日だった。寺に咲く桜も満開に近く、美しかった。この日の寺は平地にあり、寺と寺の間もそれほど離れていない。二日かければ私の足でも歩いて参拝できたであろう、などと思った。

「四国八十八箇所を回りたいな」

「そうやな。歩いては無理かもしれんけど、車で何回かに分けたら行けるやろう」

　夫とそんな話をしたのは、五十歳が近づいたころだった。一歳年上の夫は、定年退職後の生活を考え始めていたようだ。私も五十半ばまでには教員を辞めるつもりだった。ゆくゆくは、二人であちこち出掛けよう、四国遍路も、と考えていた。

しかし、夫は五十七歳で他界し、それは不可能になった。私一人で何年かかっても回ろう。何回かに分けて歩いてみようなどといろいろ考えた。しかし、老母の入退院や私自身の足の痛みなどから、なかなか実行できない。

今年になってから、老母の健康状態が安定しており、私の足の痛みもおさまっている。足の痛みが再発してはいけないので、歩くことはあきらめ、バスツアーに参加することにした。

同行二人というが、私の場合は夫も含めて、同行三人で巡ってくるつもりである。


（平成十七年七月）

霧笛 Ⅲ

仮名遣いについての私見

十八歳で短歌を始めた私は、当初からずっと新仮名表記を通している。

「……という」を約して新かなでは「とう」旧仮名では「とふ」と表す。この場合「とう」では何かおさまりが悪いように思う。このような文語体特有の言葉を新仮名で表すことに矛盾を感じないわけではない。

しかし、現代でも使われている言葉を旧仮名で表すと、私はかなり違和感を感じてしまう。

例えば、「ぶどう」は「ぶだう」、「ちょうちょう」は「てふてふ」である。私には、「ぶだう」ではあのおいしそうな葡萄をイメージすることはできない。「てふてふ」もちょうちょうとは別ものに感じる。

さらに現代では次々に新しい言葉や表現が生まれてきている。私も口語体に近い言葉で短歌を作ることがある。もちろんそれらを旧仮名で表記することは可能であろう。

でも、それでは、私の思いが十分に表現されず、私の短歌ではなくなってしまう。だから先に書いたような矛盾を感じながら、新仮名表記で通しているのだ。

しかし、旧仮名表記を全面的に否定するものでは決してない。信念を持って旧仮名を通している歌人の方々を尊敬している。実用文やエッセーなどほとんどが新仮名で統一されている中で、旧仮名で作歌を続けることは、たいへんな努力が必要だろうと推察される。

私は互いの立場を尊重し、認め合っていけばいいと思っている。

（平成十八年一月）

霧　笛　Ⅳ

歌評の中で

「作者は黙っておれ」

文章教室の先生は、私の言葉をさえぎって一喝した。私のエッセーが合評会で取り上げられた時のことである。批評や感想がたくさん出てきたとき、つい弁明したくなって、口をさしはさんでしまったのだ。

合評会に出る作品は、名前を伏せてコピーして配られる。作者には一切発言権はなく、最後まで作者名は明かされない。これがこの教室のルールだった。

先生は新聞社を退職後、ご自身でもエッセー集を何冊も出版しておられる。指導は厳しく、

「自分の手元を離れた作品は一人歩きする。作者はそれに対して弁解することはできない」

と、常に話されていた。

私は短歌でも同じことが言えると思う。歌会でも作者名を伏せてあるが、歌評の途中でつい作者が口を出してしまうことがある。そこで皆は、

「ああ、それで分かった」

と、妙に納得してしまう。しかし、これでは本当に勉強にならないのではないか。

作者の言おうとすることが読者に正しく伝わらないのは、作品のどこかに問題があることが多い。ひとりよがりの表現になっていることもある。弁解することなく、批評を真摯に受け止め、推敲や今後の参考にしたい。

文章教室の先生はその後体調を崩して、教室を辞められた。しかし、二年間の厳しい指導のお

かげで、私は今でも文章を書き続けられているのだ。

（平成十八年六月）

霧笛 V

添削について

波濤二月号の後記で、「添削について」の文章を興味深く読んだ。そして、既に故人となっている短歌の師を思い出していた。

師は、歌の手直しをし、形を整えることはあまりしなかった。歌を◎、○、△の三段階に分け、簡単なコメントを付けて返してくれた。

もちろん、誤字脱字を正したり、より適切な言葉に置き換えたりはしてくれた。その上で、コメントをもとに自分で作り直す余地を残してくれたのである。実際には指摘されたように作り直すことは難しく、特に△のついた歌を没にしてしまうことが多かった。

でも、すべての歌を添削して返されたとしても、それを使えない歌もたくさんあっただろう。後記にも書かれている「自分の歌でなくなる」という理由からである。

師が赤ペンで加筆した原稿は今でも大切に残している。私の歌を評価し、私を信じてそのような指導をしてくれた師に、心から感謝している。師の指導があったから、今の私があると言っても過言でない。

指導者にとって、弟子の歌を作り直して形を整えることは大変なエネルギーのいることであろう。しかし、弟子に添削の意図が伝わらなければ、次の歌を作るときの参考にはなりにくい。

作歌の過程で何が大切かが分かるような指導を期待する次第である。


（平成十九年七月）

霧笛 Ⅵ

助動詞「き」と「たり」の使い方

歌会で、「現代短歌では助動詞『き』と『たり』の使い分けが間違いだらけ。『き』は過去、『たり』は過去の事柄が今も継続している状態の時に使う」と何度か指摘された。

広辞苑や短歌関係の文法書を読んでも、指摘されたことが十分に理解できず、苦しんでいる。

何が正しくて、何が間違いなのか、どうしてもつかめない。

言葉は、使っている間に生きて動いていく。時代とともに変化していく。しかし、今文語体を使っているのは、短歌など一部の世界だけである。現代短歌の中でも、「き」も「たり」も変化している。簡単には間違いとか正しいとか決めつけられないのではないか。

以前短歌の師に「高校で習う文語の知識があればいい」と教えられた。高校では、平安時代の文法を規範とした学校文法を教えていると聞く。高校のテキストに照らすと、確かに冒頭の指摘が当てはまる。けれど助動詞のみならず、動詞の活用形などにも間違いが発見される。文法の専門書には、冒頭の助動詞や動詞の活用は、鎌倉時代以降現代の口語に近い形に変化していっていると書かれている。

短歌の世界のみで、平安時代の文法を固く守って作ることがかなり難しくなっているのではないか。といって、口語短歌に完全に切り替えると、別の問題が出て来るであろう。

歌壇で、早急に現代短歌の文法の規範を作り上げる必要が出てきているとも思われる。

（平成二十四年五月）

波濤後記　Ⅰ

「ろうそくの炎があるかないかの風にふっと揺らぐような、そんな心の揺らぎが短歌である」。若いころに何回か出かけた歌会で、そこの指導者から教えられた言葉である。

今ではもうその先生の顔も忘れているが、この言葉だけはしっかり覚えている。普段は心の底に沈んでいるが、何かの時にふっと浮かび上がってくる。そして、いつの間にか私の歌は、「心の揺らぎ」を捉えるものになっているようだ。

（平成十八年三月）

波濤後記　Ⅱ

「短歌同好会に入りませんか」

大学に入学してすぐに、Aさんに誘われた。高校生のころから短歌を作っている彼は、仲間が欲しいから、同好会を立ち上げるという。国文学に興味のあった私は、すぐに入会を決めた。

それから今日まで、途中十年のブランクはあるが、細々と作歌を続けてきた。あの時俳句に誘われていたら、その道に入っていたかもしれない。そう思うと、私と短歌との不思議なつながりを感じている次第である。

（平成二十二年九月）

Ⅲ　論文

神戸女子大学大学院日本文学研究科
平成二十四年度　修士論文
現代短歌における助動詞「き」についての考察
文学研究科日本文学専攻　高　橋　睦　世

はじめに

現代短歌では、現代社会におけるもろもろの事柄に素材を求め、短歌を作っている。形式は、五七五七七と伝統和歌の定型が守られている。現代短歌に使われる用語は、体言ではほとんど現代語が使われている。用言も活用の形は古典語の形であるが、言葉そのものは大幅に現代語が使われている。

その半面、助動詞と助詞などは、いまだにかなり古典語が使われている。という現状である。

これらの事柄に対して歌人の米口實氏は、著書『現代短歌の文法』の中で、次のように述べている。

言語は、生きて動いている。従って、それは時代とともに変化してゆくものであって、言葉の法則に関して千古不滅ということは全くあり得ないのである。しかるに、短歌の製作においてはその語法に一定の規範性が要求されるのは何故だろうか。

一般に言語は日常語、文章語、雅語の順序で変化してゆき、雅語（詩歌などで使う言葉）はもっとも変化しにくく、強い規範性を要求されているといわれている。（中略）

現代短歌の用語を見ると、体言（名詞など）はほとんど現代語が、そして用言（動詞、形容

詞、形容動詞）でも活用の形は違うが、中身は大幅に現代語が取り入れられている。その反面、助動詞、助詞、などはかなり厳格に古典語そのままの語法が要求されていて、全体的にみると、それはどの時代の言葉でもない、妙な複合的な体系をもつ何とも不可思議な言葉なのである。現代短歌にだけ使われる「短歌語」といってもいいだろう。（以下略）（米口實著『現代短歌の文法』平成2年　短歌新聞社　P.16～P.18）

（以下、文中の傍線は筆者による）

この文章の傍線部が、現代短歌の現状を如実に表している。本書は、現代歌壇を代表する歌人が、歌人の立場から書いた短歌の文法書である。文法上の問題点が指摘され、作歌するうえでの指針を示すものともなっている。

以上の米口氏の著書によると、古典語を要求されるのは、動詞、形容詞、形容動詞の活用、助動詞とその活用、助詞のかなりのものである。そして、用言の活用や助動詞・助詞は、古典語（文語）の規範がかなり要求されているということである。

米口氏は前出の著書の中で、

「文語」とは、日常に使う話し言葉とは違う特別な体系をもった文章語、雅語のことだ。特に「口語」に対して非日常的な言語の体系を意味している。そして、その基準となるのは平安期の言葉、十世紀十一世紀ごろの語法である。（P.17）

と、述べている。

言葉は時代とともに用法や意味が変化していっている。すなわち言葉は生きて動いているのである。短歌など一部の世界だけで使われている古典語であるが、使われている中で、否応なく古典語の規範から離れようとしている部分がある。にもかかわらず、現代短歌の世界では、古典文法の規範が、要求されることから問題が生じている。

そのうちの一つが、学校文法で過去の助動詞といわれている「き」である。「き」とその活用形は、現代短歌の中ではかなり多用されている。現代短歌で使われる古典文法は、一説に、高等学校で教えられている学校文法に基づいて考えればよいとも考えられている。その学校文法は平安時代の文法を規範としている。

平安時代の助動詞「き」の歴史上の位置づけは、岩井良雄氏によると、次のようである。

「き」「けり」の意味

「き」「けり」の意味については、近世以来幾多の説が行われ、ことに最近諸誌に発表される新説は、じつに十指に余るけれども、いまだ固定していない。明治時代の文法書では、西洋文法にならって、「過去」と呼ばれた。大槻文彦著広日本文典（明治三十九年一月刊）は、その代表的なものである。それ以後、今日でも、その説を踏襲するものも少なくない。越えて二年、明治四十一年九月、山田孝雄著日本文法論において、はじめて「回想」と言われた。同日本文法概論（昭和十一年五月刊）によれば、「き」「けり」は回想する意を表わす。回想とは思い起こすことで、過去に経験したことを、「ああであった、こうであった」と、思い起こすことだという。さらに、同書では、「けり」について、「き」「けり」は根源が一つであるが、「けり」は「き」と「あり」との結合によって成ったものであるから、「き」とは少し差があって、現に見る事に基づいて回想する意を表わすという。

「けり」の語源については、春日政治著金光明最勝王経古点の国語学的研究に、「来有」（きあり）の融合によって成立したものとあり、前からしつづけ、または在りつづけて今日にある意を原義とし、詠嘆にも過去にも用いられるとある。「けり」がもと「来（き）あり」であったという語源論は、今日おおかた承認されているように見える。

しかし、長い時代の流れのうちに、「き」「けり」の意味も変遷したかに見える。奈良時代と平安時代とは、必ずしも同一の意味ではないようである。時代による意味の変遷は、当然あるべき事実と思われる。

まず「き」について考えると、これは、奈良時代においては、既往のある時点に実現していたと確認される事態を追想する意である。

たとえ、その事態が伝説上の事態であったとしても、それを自己の記憶に確実なものと認識している場合は、「き」または「し・しか」によって叙述する。（P.229～P.230）

岩井良雄著『日本語法史奈良平安時代編』１９７０年笠間書院

そこで、現代短歌において、助動詞「き」は、どのように使われているのだろうか。
短歌研究社の『短歌研究12　２０１１短歌年鑑』（平成22年12月1日発行第67巻第12号）より、「２０１１綜合年刊歌集」に収録されている短歌の中から、助動詞「き」とその活用形を使っている短歌を分析することによって、「き」の用法を考察してみた。（分析に使用した短歌は資料２として、論文の最後に添付）
助動詞「き」の活用形から、一首における意味の上から、また「たり」との関連から、現代短歌の中で、それらがどのように使われているのかを、考えていきたい。

第一章　助動詞「き」の概要

第一節　資料

資料として『短歌研究12　２０１１短歌年鑑』の「２０１１綜合年刊歌集」に収録されている短歌を使用する。

凡例によれば、「２０１１綜合年刊歌集」に収録されている短歌は、過去一年間に、短歌研究社編集部において寄贈を受けた短歌総合誌および全国結社短歌雑誌などに掲載の作品より選び出されたものである。

作品は作者名の姓の五十音順に、一人一首から五首を抄出して掲載されている。二〇一一年では、作者数四二二二人、作品数一二八五七首が掲載されている。その中から、作者名の五十音順に、助動詞「き」とその活用形が使われている歌を一〇〇首選んだ。なかには、一首の中に二か所以上使われているものもあるが、それも一首と数えた。

歌人数二四七人、七四五首中、「き」とその活用形を使用している歌が一〇〇首あった。一三・四パーセントである。参考のために、助動詞「たり」助動詞「けり」とその活用形を使用している歌を調べてみた。「き」の一〇〇首を選んだのと同じ歌人の短歌の中から同じ方法で選んだ。すると助動詞「たり」とその活用形を使用している短歌は二四七人、七四五首中五二首、七・〇パーセントである。助動詞「けり」とその活用形を使用している歌は二四七人、七四五首中一〇首、一・三パーセントであった。（資料1の1、資料1の2として表を論文の最後に添付）「き」の使われている歌に、最初から番号を付けた。「たり」「けり」も同じ方法で番号を付けている。

その資料の中から、一〇〇首ある「き」の用例の一部としては、

1　蜃気楼のごとく浮きゐしわが街の影となりやがて見えずなりたり※

2　昨夜たてし柚子湯の香り惜しみつつ窓は朝日に向けて開きぬ

3　就職の内定決まりし孫の来て夕べ寂しいこころ晴れゆく

一〇首ある「けり」の用例の一部としては、

1　たはやすく姉と語りぬ母の日互みに気遣ふ齢なりけり

2　緑陰の小高きところにドイツ語を朗誦するおんなありけり

3　大猫を抱き上げて窓に立ちにけり夕べのひかりとどむる市街に

五二首ある「たり」の用例としては、

1　節分に降りたる雪の残り居て春は名のみの風の冷たさ

2　胎内にありたる記憶装ふと二歳児の孫腰かがめゐる

3　蜃気楼のごとく浮きゐしわが街の影となりやがて見えずなりたり※

（以下、抄出歌の傍線は筆者による）

※印は一首の中に「き」と「たり」とが使われているものである。

ちなみに、短歌研究社の四二年前の「１９６９　短歌年鑑」で、同じ方法で調べた。歌人数一

五九人、五二七首中、助動詞「き」は、一〇〇首、一九・〇％であり、助動詞「たり」は六〇首、一一・四パーセントだった。助動詞「けり」は八首、一・五パーセントであった。いずれも活用形を含んでいる。

※　１９６９年版では、全体で作者数二一〇二人、作品数が七〇四八首であり、一人の作品の数は、一首から二〇首となる。これは、四二年を経過するうちに、歌人の数がぐんと増え、そのために２０１１版では、掲載する歌人一人の歌の数を絞らざるを得なくなったと推測している。

四二年前の短歌年鑑と比べると、多少の違いはあるが、現代短歌では、助動詞「き」が圧倒的に多く使われている。古今和歌集においては、助動詞「き」が使われているのは、一一九首である。かな序、詞書、長歌を省いて数えた。（簗島裕ほか編『東京国立博物館蔵本　古今和歌集総索引』汲古書院より）。

資料として取り上げた２０１１年版の短歌年鑑で、短歌は作者の姓の五十音順の初めから、助動詞「き」とその活用形「し」、「しか」が使われている歌に１から１００まで機械的に番号を付けている。一首のうちに二か所以上「き」とその活用形が使われていても、それは一首として、番号を付けた。また、一首の中で、「き」と「たり」、または「けり」が合わせて使われているものは、それぞれの助動詞のところで数えている。本論文中の短歌につけた番号は、その番号である。

「き」の活用形は、

未然形	連用形	終止形	連体形	已然形	命令形
（せ）	○	き	し	しか	○

と特殊型の活用をしている。助動詞「き」は、活用語の連用形につき、（カ変、サ変には未然形にもつく）過去の意味を表す（学校文法による）。そのうち、未然形「せ」を省き、「き」「し」「しか」を対象とした。

資料として取り上げた短歌の中で一番多いのは、連体形「し」として使われている歌である。一〇〇首中九四首である。次に「き」を使っているものが、七首、「しか」が三首である。なかに一首の中に、「き」と「し」と両方が使われているものもあり、延べにすると、一〇四首となる。

助動詞「き」について、次のような考え方がある。

ア、学校文法では、「過去の助動詞」

イ、学校文法では、「き」は「けり」とともに過去の助動詞とされる。「過去」は一見西洋文法のテンスに対応し、客観的な時間を表現しているかに見える。しかし、その一方で、「き」は回想の助動詞ともされる。これは「けり」が過去の助動詞とされる一方で、詠嘆を表すともされることと似ていて、「過去」を表すだけというだけではすまないものを「き」が持っているからである。「けり」が深い情動を表すことが出来るのと同様に、「き」もまた情動の表現として働く。（渡瀬茂著『「き」と情動』「国語と国文学」第八十六巻第十一号P.65　平成二十一年十一月　東京大学国語国文学会）

学校文法は、平安時代の文法が規範となって組み立てられている。現代短歌で使われている助動詞「き」を考えていくにあたって、イの説も考慮に入れて、分析する必要があると思う。そこで、現代短歌では、助動詞「き」は、どのように使われているかを活用形に分けて考えてみた。短歌作品についている※印は、一首の中に「き」または「し」が二つ以上使われている歌である。

第二節　終止形「き」の用法

助動詞「き」が、現代短歌の中で、どのように使われているのだろうか。資料として取上げた一〇〇首の中に次の七首がある。（作者名を省く。以下同じ）

9　とく癒えよと色こきまぜて千羽鶴身に熱かりき千の祈りは
35　戦時下の少年なればこの国に遠慮のありて四日旅しき

39 ビル灯り花に宿りの人在りき過ぎておもえば無垢なりし貌※
64 八幡宮高みに仰ぎ舞殿に並みて新年の幸を祈りき
80 荷担せしと若きになじられただ黙す言葉にならない戦争ありき※
92 妹の入学式は雪なりきあの頃東京はよく雪降りき
93 電車が止まれる大雪の日の夫と子は弁慶号の雪像作りき

（※は、一首の中に「き」と「し」とが使われている歌）

これらの七首に使われている「き」は、作者が過去に直接かかわったことを回想している。しかし、ただ単に回想しているだけではない。

9の歌は、病気の作者が、さまざまな色紙を使った千羽鶴を見舞にもらったことに対して、「身に熱かりき」という言葉で、その時の思いを表現している。「き」は、過去の回想だけでなく、作者のそのことに対する、感慨が感じられるのである。

35では、戦時下の少年だった作者が、四日間旅をしたことの思い出とともに、国に対して、遠慮をしながら旅をしたという戦時下ならではの感慨が込められている。

39は、その人を思い出している作者は、彼は無垢な顔をしていた、と、感慨を持って思い出しているのである。

64も同様に、新年の幸を祈ったという単なる事実の報告ではないものを感じさせる歌である。

80の結句は、若い人たちに「戦争に加担しただろう」となじられて、肯うことも反論することもできず、ただ沈黙することしができなかった。あの戦争があったことを言葉で説明できない思いで、思い出している作者の苦悩が、詠みこまれている。

92は、「雪だった」、「よく雪が降った」とかつての東京を思い起こしているが、その事に対して、作者の昔を懐かしむ感慨が含まれている。

93は、家族で過ごした雪の日の思い出である。作者にとっては、弁慶号の雪像を「作りし」という言葉の中に、夫と子供の事が殊更印象深く脳裡に残っているのであろう。

以上、終止形として使われている「き」は、単に過去を回想しているだけではない。そのことに対して作者は、何らかの感動を覚えて回想しているのである。すなわち、前に引用した渡瀬茂氏の「『き』もまた情動の表現として働く」ということに相当すると考える。

第三節 「しか」の用法 (三首)

資料の一〇〇首の中で、「しか」として使われている歌が三首ある。

14 藁にくくる五個の土鈴があどけなき赤児に見えしか夕風あやす

71 人生の愉楽は食・性・読書とぞ寂聴幾歳の頃にありしか

96 子燕の孵る日ま近くなりゐしか尾羽をさやと立てて動かず

いずれも「しか」が終止形に代わる形となっている。しかし、助動詞「き」の活用からすると、已然形「しか」ではなく、終止形「き」でなければならない。さらに、已然形で終わるならば、その前に「こそ」という助詞を使って、係り結びになることが多いが、係の助詞は使われていない。

係の助詞が省かれているだけと考えるならば、14は、「見えたのだなあ」、96は「なっていたのだな」と詠嘆を表すと考えられる。しかし、71は、単に詠嘆とは考えにくい。「あったのだろうか」と、疑問を残しながら、そこに詠嘆の意味が加わっていると考える。

また、係結びでなければ、「しか」の後に助詞の「ば」「ど」「ども」がつくのが普通である。それならば、この三首には当てはまらない。

この「しか」は、助動詞「き」の已然形ではなく、ほかの品詞と結びついているのではなかろうか。それぞれの歌を、助動詞「き」の連体形に、疑問の助詞「か」がついたと考えてみた。

14では、「見えたのだろうか」、71では、「あったのであろうか」、96では、「なっていたのだろうか」と疑問を投げかけていると考えられる。あるいは、「き」の連体形「し」に詠嘆の終助詞「か」がついたものとも考えられる。すると、この三首の「しか」の「し」は、連体形「し」の中に含めて数えるべきだろう。すると、資料としての百首の中には、已然形が使われている歌は、一首もないことになる。

このほかにも、これと同じように「しか」が使われている短歌があるかどうか、を調べてみた。

「2011綜合年刊歌集」（短歌研究社）の全作品の中で、「き」とその活用形を使用している歌が、一五四六首ある。その全体のなかに、「しか」を使用している歌がどれくらいあるのかを調べてみた。すると、四九首（前出の三首を含む）あった。そのうち次の三首は、「しかば」「しかど」と助詞「ば」「ど」に続くものである。

はや桜咲くと言う山過ぎしかばいずこにも咲く同じ位置に

今朝は素直な母なりしかば好物の鮟鱇肝和へ買ひて帰らむ

鼓一つ鳴らざりしかど真つ白く桜咲きをり雨あがる朝

これら三首は、助動詞「き」の已然形と考えていい。しかも、作者の感慨も込められていると考えられる。

ほかの四六首は、いずれも係りの助詞が使われておらず、係り結びになっていない。歌全体の意味から、助動詞「き」の連体形「し」に、疑問の助詞「か」がついたと考えられる歌が一七首、あとの一六首は、係の助詞が省かれているが、詠嘆の意味を表していると考えられる。

参考のために、1969年版の年刊歌集で、「き」とその活用形を使った短歌百首の中に、「しか」を使った短歌がどの程度あるかを調べてみた。

木犀の香りも一時失せしかに師逝きし夜の庭の静寂

追貝に夕早くわが着きしかど疲れゐて遂に滝は見ざりし

の二首だけだった。已然形として使われているのは、二首目だけで、二〇一一年版と同じような傾向であると考えられる。

「しか」についてまとめてみると、

ア、「き」の已然形

イ、「き」の連体形に疑問の終助詞「か」がついたもの

ウ、「き」の連体形に詠嘆の終助詞「か」がついたもの

の三通りが使われていると考える。そうすると、已然形として使われているのは、ごくわずか、ほとんどは連体形に助詞がついたものであると考えられる。

いずれにしても単に、過去を回想しているだけでなく、作者の何らかの感動が込められていると考えられる。すなわち、前に引用した渡瀬茂氏の「『き』もまた情動の表現として働く」ということに相当すると思う。

第二章　連体形「し」の用法

第一節　連体形「し」の概要

「き」の連体形「し」を使っている歌について考えてみたい。

助動詞「き」は、「話し手の過去にあった直接的体験を回想して述べる意を現わす」とか、「過去の事柄を振り返って述べるときに用いられる」とか、「確実だと信じられる過去の事柄に用いられる」とか、代表的に規定されるように、表現素材となった事柄が「過去の事柄」であることを意味する助動詞と認められていることに疑義はない。しかし、「き」で過去の事柄と認識されているということはどういうことなのか。どういう事柄が「き」で過去と認識されるのか、そこにどんな基準・原理が作用しているのか、等については必ずしも明確に指摘されているとは言えないように思われる。

糸井通浩著『古代短歌における助動詞「き」の表現性』
愛媛大学法文学論集　文学科編　第13号
昭和五十五年愛媛大学法文学部発行

この論文の「表現素材となった事柄が『過去の事柄』であることを意味する助動詞と認められていること」に注目した。さらに、次の言葉にも注目してみた。

和歌（ないし一般に「ウタ」）が、その表現機構的には、一人称視点を表現の原理としていることは既に説かれている。（P.39）

現代短歌でも、「短歌は一人称の文学」といわれている。また、作者が短歌を作る時点では、作者の詠もうとする事柄は既に過去のものになっている。過去といっても、「直前の過去の事柄」を詠もうとしている場合もあれば、「かなりの時間的経過のある過去」を歌に詠もうとしている場合もある。

「き」の連体形「し」を使っている歌が、一番多く、一〇〇首中九四首である。しかも、前述の「しか」の第一章第三節で述べた「し」に助詞がついている短歌の三首を加えると九七首となる。連体形であるから、「し」を含む言葉は、後に続く言葉のうちの体言を修飾する。

この九四首をさらに、

ア、　連体形「し」（九三首）

イ、　連体形「し」による終止（四首）

と分けた。

第二節　作者の過去の直接体験・見聞を示す「し」

2　昨夜たてし柚子湯の香り惜しみつつ窓は朝日に向けて開きぬ

これは、昨夜たてた柚子湯の香りがかすかに残っている、その香りを惜しみながら、窓は朝日の方に向けて開いた、という歌である。「昨夜たてし」という言葉は、作者の行動で、柚子湯を修飾している。この過去の行動から導き出される下の句の「惜しみつつ」「窓は朝日に向けて開きぬ」と作者の感慨が導き出されている。

17　六十年ぶり訪ねし常磐小学校なつかし校舎ビルの谷間に

この歌では、作者が六十年ぶりに訪ねた母校である常磐小学校を懐かしんでいる。校舎は過去にはなかったビルの谷間になってしまっている。「常磐小学校」を「訪ねし」という過去の行動から、母校を懐かしむ作者の思いが詠み込まれているのである。

この二首を含めて、一六首が過去の作者の行動から、作者の感慨が導き出されているのである。

9　吾が植ゑし一本桜は山深み散りみ散らずみふるさとの春

この歌では、作者がかつて山深いところに植えた一本桜を、思い出し、故郷の春を懐かしんでいる。「植ゑし」という作者の過去の行動の中に、作者の桜や故郷に対する思いが込められている。そして、作者が植えたという事実は、今も続いているのである。

11　二ケ月の病院生活思ふとき辛抱よくせしと己れほめやる

二か月の入院生活を振り返って、自分はよく辛抱したことだ、と過去の自分の行動を自分でほめている。

前出の2と17の歌は、過去の作者の行動を回想しており、その事から、下の句に作者の感慨が導き出されている。9と11の歌は、「植ゑし」、「辛抱よくせし」の言葉に作者の感慨が直接的に込められている。

1　蜃気楼のごとく浮きゐしわが街の影となりやがて見えずなりたり

この歌では、蜃気楼のごとく「浮きゐし」わが街を作者は見ていたのである。わが街が影となり、やがて見えなくなっていったということに作者の感慨が導き出されている。作者が見ていた過去の事実が「浮きゐし」である。

4　亡き母に賀状届きて昨年の健やかなりし面影うかぶ

亡母に年賀状が届くという事実は、時としてあることである。届いた賀状を見て、作者は、去年の「健やかなりし」母の面影を思い起こしているのである。そのことから作者の母に対する感慨が伝わってくるのである。

「浮きゐし」、「健やかなりし」、ともに作者が直接見ていた過去を回想して述べている。そのことから、その後に続く言葉に、作者の感慨が導き出されているのである。

さらに、次の五首についても作者の体験、ないし見聞を示している「し」である。

44　校門に松葉杖の子は辿り着くこの子の母も強かりし（ア）

50　地に伏すも空あふげるも落椿ともにくれなゐ競ひ咲きゐし（イ）

58　芽ぐみし（ウ）は小学生の頃なりし（エ）歌の心のいまに枯れざる

62　温暖化と言われて来し（オ）も確かなる季到来の美しき雪降る

44、50、58の「し」は、「き」の連体形と考えられる。連体形で止めるには、その前に、係の助詞「ぞ」「や」「か」「なむ」のどれかを使うことが多い。しかし、この四首には、係の助詞が使われていない。現代短歌では、係の助詞を省略しているのが普通である。

（ア）（イ）（エ）については一首の意味から、回想または詠嘆の気持ちが含まれている。係の助詞が省かれていると考えられ、連体形の余情表現であると考える。

「き」の連体形「し」による終止

係の言葉が上にないのに「し」で文を終止する用法が平安時代からある。いわゆる余情的な連体止めで、下に、「コト」「コトヨ」などいう言葉を補って解釈すべきである。

（遠藤嘉基著『古典解釈文法』P.259）和泉書院

さらに、（ウ）は、助動詞の連体形を名詞として扱っている。
（オ）は、上の句と下の句とを「しも」と逆に接続している。意味の上では「来たけれども」ということを表している。

引用した遠藤氏の説によって、余情表現と考えると、単なる過去の回想でない、作者の感慨が感じられるのである。

以上より、助動詞「き」の連体形「し」を使っている短歌は、

ア、過去の状況や、過去の作者の行動を示すことによって、それに続く言葉に作者の感慨が導き出される。

イ、助動詞「たり」でも言い表される「ている」「てある」という意味と同様に使われている。

ウ、余情的な連体止め。

という三つの意味に使われている。

現代短歌では、作者の主観的な言葉（感情を表わす言葉）を避けて、情景や客観的な事柄を描写することによって、作者の感慨を読者に読み取らせる、という手法を用いることが多い。また、表現素材は、短歌を作る時点では、過去のものとなっている。そこで、過去、回想を示す助動詞「き」、それもその連体形「し」を用いることがきわめて多いのではなかろうかと、考える。

3　就職の内定決まりし孫の来て夕べ寂しいこころ晴れゆく

就職の「決まりし」孫がやってきた。今もその状態は続いているのである。そのような孫が来てくれたことで、作者の寂しい心が晴れていくのである。

72　小言浴び孫は気晴らしにピアノ弾き狂いし一音殊更たたく

小言を浴びた孫は、気晴らしにピアノを弾いている。そして、「狂いし」一音を殊更に叩いている。ピアノの一音は今も狂ったままなのだ。

3の歌では、就職が「決まりし」状態が、作者の所に来た時も続いている状態である。72の歌でも、ピアノの「狂いし」音は今もそのままであると考えられる。

この二例では過去にあった事柄が現在も存続している。だから、口語で言い換えてみると、3は、「決まっている」、72は、「狂っている」と言い換えられる。これらの場合の「し」は、助動詞「たり」の連体形でも言い表せるのではないか。

「たり」は学校文法でいうところの「完了の助動詞」である。「…ている」「…てある」と現代語で表現できる。

では、「たり」の意味はどうであろうか。前出の『奈良平安時代編』で調べてみた。

「て」は助詞であるが、もと「つ」の連用形であるから、完了の意識をもつ。それゆえ、「たり」は、完了した動作作用が状態をして存続する意味になる。口語「テアル」「テイル」である。奈良・平安の時代はこの意味に用いられているが、一方、平安時代中期ごろから、完了の意に用いられる場合も見えてきて、次第に「つ」「ぬ」に接近する。

岩井良雄著『日本語法史奈良平安時代編』（P.217）1970年笠間書院

それでは、この二例の「し」を「たり」の連体形「たる」に置き換えてみるとどうだろうか。

3　就職の内定決まりたる孫の来て夕べ寂しいこころ晴れゆく

72　小言浴び孫は気晴らしにピアノ弾き狂いたる一音殊更たたく

3は、「決まっている」、72は、「狂っている」と現代語に置き換えられる。「し」でなく助動詞「たり」の連体形「たる」でも意味の上では通ると考えられる。しかし、作者にとっては、「し」でなければならない理由があると思われる。それについては後述したい。

第三章　助動詞「たり」との関係

第一節　現在も存続していることがら

第二章で取り上げた中で次の二例は、過去にあった事柄が現在も存続していると考えられる。

3　就職の内定決まりし孫の来て夕べ寂しいこころ晴れゆく
72　小言浴び孫は気晴らしにピアノ弾き狂いし一音殊更たたく

これらの場合の助動詞「し」は、助動詞「たり」でも言い表せるのではないか、と考えた。現代語では、「……ている」、「……てある」と置き換えることが出来る。２０１１短歌年鑑の助動詞「き」を使った短歌百首のうち、「たり」で置き換えられると考えられる短歌が、二六首あった。

そこで、さらに「たり」でも言い表せると考えられる短歌を二首選んでみた。

19　電動の自転車おほひし黄のシート雨水たまりて光あふれつ
77　五十二で早期退職せし夫に町内会の役が舞い込む

意味の上では、19の短歌は、「おほひたる」、77の歌は、「退職したる」とも表現できる。

ところで、短歌は、五七五七七の音の数で表現する定型詩である。現代短歌では、字余り、字足らずの破調の歌も少なくないが、基本は定型を守って作られる。従って、歌人は大きく定型を崩すことを避けようとすることが多い。

そこで、例にあげた短歌の傍線部分の助動詞「き」の連体形「し」の部分を、「たる」で置き換えてみると次のようになる。

3では、二句の、「内定決まりし」が「内定決まりたる」、となる。原作では八音で、字余りであるのに、「たる」を使うと、さらに一音増えて、九音となる。

同様に調べていくと、72の短歌では四句の八音が「狂いたる一音」と、九音になる。19の短歌では、二句の八音が「自転車おほひたる」と、九音になる。77の短歌では二句と三句の「早期退職せし夫に」七音と五音の句またがりである。このままでは定型であるが、「早期退職したる夫に」とすると、七音と六音の字余りになる。（「夫」は、「つま」と読む）

例に取り上げた四首のうち、原作のままの短歌で「し」を含む句が定型の短歌は、77の短歌のみである。3、19、72の3首で、「し」を含む句は字余りである。「し」を「たる」と置き換えたならばさらに一音の字余りとなる。そこで、それ以上の字余りを避けるために、「し」の方を使っていると推測できる。定型に近づけるために、古典語では厳密には意味の違いがあるにもかかわらず、終止形「き」と、終止形「たり」との混用が生じてしまうと考えられる。

序文で引用した米口實著『現代短歌の文法』では、

現代短歌ではこのような（たりとの）誤用が、どれくらいあるかを調べてみると、概ね五割前後が古典語の基準からいうと誤用である。（P.119）　引用文中（　）内は、筆者の注である。

と述べられている。このような「誤用」といわれる現象が起きているのは、なぜだろうか。

「き」の意味は、「過去に経験したことを回想する」、「たり」の意味は、「完了した動作作用が状態として存続する」（岩井良雄著『日本語法史奈良平安時代編』１９７０年笠間書院）と考えると、「き」と「たり」とは厳密に使いわけねばならない。しかし、現代短歌では、必ずしも使い分けられているとはいえない。歌人の意識が前述のように、定型に近づけようとしていることも一因だと思われる。

第二節　「き」と「たり」との歴史的変遷

歴史的にみると、「き」も「たり」も用法が、時代とともに変遷していっている。さらに、現代の日常生活では、古典語はもはや使われてはいない。わずかに短歌などの世界でのみ使用されているにすぎない。しかるに短歌の世界では、いまだに「平安時代に使われていた古典語を規範とする」とされることが多い。

そこで、平安時代の古典語から現代の口語文に至るまでに、どのような変遷があったか、岩井良雄著『日本語法史』の『鎌倉時代編』『室町時代編』『江戸時代編』を引用することによって、考えてみたい。

「き」について

奈良・平安時代の「き」の意味については、本論文の「はじめに」の所に引用しているので、ここでは重複を避ける。

鎌倉時代「き」の意味（鎌倉時代編）

「き」は、左表のように、か行・さ行の混成不規則活用である。（左表は省略）

「き」「けり」に意味上共通する点は、既往の事実に対する現在からの回想ということである。しかし、平安時代以来、「き」は自己の直接経験を、「けり」は非経験の間接経験を回想して述べるのが普通であったのに対し、鎌倉時代には、筆者話者の間接経験であるべき事実についても「き」を用いることがある。（P.166）

「たり」について

奈良・平安時代「たり」の意味（奈良平安時代編）

「たり」は、ら行変格活用。しかし万葉集には命令形も名詞形もない。（P.215）

「て」は助詞であるが、もと「つ」の連用形であるから、完了の意識を持つ。それゆえ、「たり」は、完了した動作作用が状態として存続する意味になる。口語「テアル」「テイル」である。奈良・平安の時代はこの意味に用いられているが、一方、平安時代中期ごろから、完了の意に用いられる場合も見えてきて、次第に「つ」「ぬ」に接近する。（P.217）

鎌倉時代「たり」の意味（鎌倉時代編）

「たり」は、ら行変格活用型。六活用形のほかに、撥音便形、促音便形を具備する。大体平安時代と同じであるが、音便形の存在が、相違する。

「たり」は、もと「てあり」から出た語で、奈良時代には「而有」の文字で現わされ、動作作用の完了の結果が状態として存続する意を表わした。口語「テアル」「テイル」に相当する。平安時代もこれを踏襲したが、一方に、完了の意も表わすようになった。口語の「タ」にあたる。鎌倉時代には、この二つの意味が並行している。（P.159）

室町時代「た」の意味（室町時代編）

「た」の原形は「たり」である。原形は、ら行変格活用型の助動詞で、六活用形を具備していたが、その連体形「たる」の「る」の脱落によって、「た」が成立したのである。新生の「た」は、ラ行四段活用型の不完全活用で、旧語形とは著しく相違している。意味は完了あるいは完了後の事実の存続状態を示す。また、「き」「けり」の衰微に伴い、それらの意味を吸収して、回想を表わす。（P.150）

江戸時代「た」の意味（江戸時代編）

動詞の連用形・音便形に添う。ら行四段活用型の助動詞である。（P.159）

「た」は、回想、完了、および完了した事実の現在に状態として存続する意を示す。すなわち、「き」「けり」「たり」の意を総合した意である。（P.161）

以上の資料より、分かることは、「き」という助動詞は、室町時代以降使われなくなり、「た」で言い表されるようになる、ということである。

ちなみに、現代語の文法では、「き」も「たり」も「た」の一語になっている。「た」については次のようである。

活用

未然形	終止形	連体形	仮定形
たろ	た	た	たら

意味

確認・過去

岩波『国語辞典』第七版　西尾実・岩淵悦太郎・水谷静夫編岩波書店

である。

現代短歌の場合、部分的に口語体と文語体を混ぜて作ることも増えてきている。一首を口語体で通して作る場合もある。しかし、定型のリズム中心に考えると、古典語の助動詞「き」とその活用形を、「たり」や現代語の「た」に置き換えにくい場合が多い。

これらの事から、米口實氏が著書の中で述べているように、厳密に古典文法に忠実に短歌を作ろうとした場合には、「き」と「たり」との誤用といわれている現象が生じているのであろう。しかし、現代短歌の世界で使われている「古典語」は、使われているうちに、変遷を経てきて、今や、「誤用」ではなく、一般的な使い方として、定着してきているのではないだろうか。

以上より、現代短歌の世界での独特の「古典文法」を形作っていると考えられる。

まとめ

現代短歌における助動詞「き」とその活用形がどのように使われているかを調べてきた。「き」の活用形の中でほとんどが、連体形「し」である。なぜ、「し」が多用されているようになったのだろうか。前章までに書いてきたことも含めて、もう一度考えてみたい。

まず、現代短歌は、伝統的な和歌と同じように、五七五七七の定型を守る日本独特の、定型詩である。そうして、文語的な言葉で詠まれている。歌人の来嶋靖生氏は、『短歌』誌の特集「口語歌のすべて」の「韻律性そしてニュアンス」の文章の中で、次のように述べている。

文語的な語で詠まれている歌の優位について簡単に述べる。まず韻律性と簡潔性。韻は言葉の響き。律は言葉のリズム。一語一語の響きとともにその一首が完結した時に得られる情感、調べと言い換えてもよい。調べの美しさが文語的短歌の長所である。その調べを支えているのは、文語の体系である。（以下略）（P.67）

『短歌』平成二十四年十月号　角川学芸出版

来嶋氏の文章で述べられているように、現代短歌でも、文語的な言葉で詠まれている歌は、韻律性と簡潔性において優れている。調べの美しさが文語的短歌の長所であると述べられている。ところが、氏の文章には、「文語的短歌」という言葉は使われているが、「文語短歌」とは使われていない。このことが、現代短歌の特性を端的に表わしているといえる。現代短歌に使われている文語文法の特色であろう。

また、現代短歌に使われている助動詞「き」の用法で、平安時代の文法の規範からすると、誤用とされる使い方が増えているといわれている。さらに、口語の混じった短歌や、口語のみで使われている短歌も作られている。それらを考慮に入れて、「文語的短歌」という言葉が使われているのではないかと考える。

もう一度現代短歌の中に使われている「き」の用法についてまとめてみたい。

ア、過去を表わす。

イ、過去の回想を表わす。

ウ、作者が感動を込めて過去を回想している。（情動の表現）

エ、連体止めによる余情表現。

オ、過去にあった事柄が今も存続している。完了の助動詞「たり」と同様の意味を持つ。

以上より、単純に「過去」を表わすとだけ限定できないものが含まれている。すなわち「き」を使うことによって、過去の事柄を回想する中で、作者の感慨、詠嘆、感動を導き出していることが多い。

特に、連体形「し」として使われることが圧倒的に多い。それは、詠もうとしている事柄はすでに過去になっていることや、来嶋氏の「韻律性と簡潔性、また定型を大切にすること」などから、使用頻度が高くなっていると考えられる。

現代短歌に用いられている「文語体」は、使われているうちに少しずつ変化してきている。すなわち、短歌の世界でのみ使われている、独特の「短歌語」ともいえる言語を形作ってきている。

それが、来嶋氏のいうところの「文語的短歌」であろう。

文法の面からいえば、平安時代を規範とする文法から変化していって、いわば現代短歌独特の、「短歌文法」ともいうべきものが形作られてきているのである。

前述のオに関して本来は、「『き』の誤用である」といわれてきた。しかし、韻律を大切にし、また定型を守るために、「たり」ではなく「き」を使うことが増えてきていると考えると、現代短歌における新しい「短歌文法」として、認めざるを得なくなっているのではないか。というのが筆者の私見である。

従って、今後の短歌文法の課題としては、平安朝の文法の規範から、いたずらに「誤用」と決めつけるのではなく、現代短歌の文法の規範を作り上げることが必要になってくると思われる。これは助動詞「き」「たり」だけでなく、現代短歌に使われている古典文法すべてについて言えるのではないか。

最後に、この論文では十分に触れることがなかった助動詞「たり」、さらには「けり」についても分析していく必要を感じている。また、現代短歌の中で、助動詞「つ」、「ぬ」などがどのように使われているのか、分析する必要があると感じている。

そうすることによって、現代短歌の実情にふさわしい、「現代短歌における文法」の規範を作り上げていく必要があると考えている。

参考文献

米口實著『現代短歌の文法』平成2年　短歌新聞社

『短歌研究2010・12　2011短歌年鑑』2011綜合年刊歌集平成二十二年　短歌研究社

『短歌研究第25巻第12号付録　1969　年刊歌集』昭和四十三年　短歌研究社

岩井良雄著『日本語法史　奈良平安時代編』　1970年　笠間書院

岩井良雄著『日本語法史　鎌倉時代編』1971年　笠間書院

岩井良雄著『日本語法史　室町時代編』1973年　笠間書院

岩井良雄著『日本語法史　江戸時代編』1974年　笠間書院

渡瀬茂著『「き」と情動』「国語と国文学」第八十六巻第十一号　平成二十一年十一月　東京大学国語国文学会

遠藤嘉基著『古典解釈文法』昭和五十七年　和泉書院

西尾実ほか編　岩波『国語辞典』第七版　岩波書店

糸井通浩著　『古代短歌における助動詞「き」の表現性』　愛媛大学法文学論集　文学科編　第13号　昭和五十五年愛媛大学法文学部発行

『短歌』平成二十四年十月号　角川学芸出版

資料1の2

短歌研究第25巻第12号付録　短歌年鑑「'69年刊歌集」より

項　　目	数	備考（単位）
作者数	2,102	（人）
作品数	7,078	（1人1～20首）

分析の対象として、歌人の五十音順に159人、527首の歌の中から、「き」「たり」「けり」を使用している歌を機械的に抽出した。

項　　目	数	割合（%）
「き」を使っている歌の数	100	19.0
「たり」を使っている歌の数	60	11.4
「けり」を使っている歌の数	8	1.5

資料1の1

短歌研究　短歌年鑑2011「2011綜合年刊歌集」より

項　　目	数	備考（単位）
作者数	4,222	（人）
作品数	12,857	（1人1～5首）
「き」を使っている歌の数	1,546	（首）
「けり」を使っている歌の数	112	（首）
「たり」を使っている歌の数	1,007	（首）

※1首の中に、2か所以上「き」を使っている場合は、1首として数えた。

※1首の中に、「き」と「たり」、「き」と「けり」、「たり」と「けり」など2種類、また3種類の助動詞が使われている場合は、それぞれの助動詞ごとに数えている。

分析の対象として、歌人の五十音順に247人、745首の歌の中から、「き」「たり」「けり」を使用している歌を機械的に抽出した。

項　　目	数	割合（%）
「き」を使っている歌の数	100	13.4
「たり」を使っている歌の数	52	7.0
「けり」を使っている歌の数	10	1.3

資料2　短歌研究　「2011綜合年刊歌集」より（作者名を省く）

助動詞「き」を含む短歌（傍線は著者がつけた）

1 蜃気楼のごとく浮きゐしわが街の影となりやがて見えずなりたり
2 昨夜たてし柚子湯の香り惜しみつつ窓は朝日に向けて開きぬ
3 就職の内定決まりし孫の来て夕べ寂しいこころ晴れゆく
4 亡き母に賀状届きて昨年の健やかなりし面影うかぶ
5 金環の底が繫がるふちどられし真っ黒な月真上にありぬ
6 寒風の川面かすめしかわせみは葦の枯枝にしばし止まりぬ
7 特攻機のトツーと発する信号を吸いて脹らみし電信室の壁
8 吾が植ゑし一本桜は山深み散りみ散らずみふるさとの春
9 とく癒えよと色こきまぜて千羽鶴身に熱かりき千の祈りは
10 やさしさをまだ捨てられぬ牙のやう細く終はりし勾玉の尖
11 二ケ月の病院生活思ふとき辛抱よくせしと己れほめやる
12 「阿部一族」購ひし書店も閉ざされてかつて住みにし街のひそけさ
13 門口につるしし英彦山がらがらの魔除けの鈴が夕風に鳴る

14 藁にくくる五個の土鈴があどけなき赤児に見えしか夕風あやす

15 訪いゆけば帰るわたしをいつまでも見送りくれし母が浮かびぬ

16 躓きし日もあり深む秋の夜を子は淡淡と明日を語る

17 六十年ぶり訪ねし常磐小学校なつかし校舎ビルの谷間に

18 弁天に供へし餅をねらひくる山のからすの素早き動き

19 電動の自転車おほひし黄のシート雨水たまりて光あふれつ

20 アラ還は十年昔むかしむかしを負ひし背中のいつ曲るらう

21 聴診器あてて老化を調べらる桜のうへにすぎし幾春

22 四十年息子らに遠く展げ来し座敷幟をおしまいにする

23 こころ傾け古人の描きしかくも円やかに開花きし四弁花

24 小説も雑誌を読むも戒めし母を思へり幼な心に反抗はせず

25 伝統的建造物群保存地区訪ねし夫の気の毒と言ふ

26 形ある君の見納め笑むごとく静まりし顔の目に残りたり

27 ありのままの老の姿を撮りくれし森星象の作品ぞ良し

28 この部屋に自由民権あげつらひ眉濃き若者ひしめきしかな

29 聖パウロ教会に来て三十年前汝の歩みしバージンロードに立つ

30 罵詈雑言激しく浴びしもいくたびか若き日想ふ遺体の傍へ

31 亡き舅の好物たりしよ草餅まづ仏壇に供へまゐらす

32 肝移植していのち存えし君　ドナーなる妻と還暦を祝いたり

33 暖かき昨日のひと日に庭の梅開きし花の散りはじめたり

34 認知症で今を亡くせし女が今苦なき笑顔を振りまきており

35 戦時下の少年なればこの国に遠慮のありて四日旅しき

36 裸木なる欅も桜も北風にあおられながら闇に呑まれし

37 今生のあわれは見えず農に逝きし父の畑に淡雪光る

38 風邪の熱さがりし夕べ気配して座敷童のごとき夫居り

39 ビル灯り花に宿りの人在りき過ぎておもえば無垢なりし貌

40 高梯子幹にたてかけ冷えし朝を剪定されし松葉が匂う

41 同僚の二人に求婚されし日の戸惑ひよぎる手児奈霊堂

42 大川のいささかふえし春の水待つとふ刻は緩慢なるを

43 かの夏の流れに消えし蛍火の時を隔てて夢に顕ちくる

44 校門に松葉杖の子は辿り着くこの子の母も強かりし

45 師のたどられし時の彼方ゆ散りきたる骸骨寺のすずかけ一葉

46 ドア開けてお休みなさいを言ひに来し少女ありけりその昔のこと

47 昼餉してようよう目覚めし心地すれ冬の一日のスロースタート

48 声のみて耐えし記録の鮮しく夫の命日また巡り来ぬ

49 処理できぬ思いを箱に入れし日の音が聞こえる釘打つ音が

50 地に伏すも空あふげるも落椿ともにくれなゐ競ひ咲きゐし

51 あかつきの雲間にみえし純白のひかりが鳥となりて降りくる

52 言葉をおき立ち帰り来し汝が身辺かの青空の青に包まる

53 育てざりし息子も五十四歳新しき冬の匂ひを運び訪ね来

54 芥となりし花殻を袋につめてをりものの終りに顔をそむけて

55 奥州に滅びし者の末といふそれより滅びはわれを離れず

56 ひとり五分、七〇人を面接し終えしひと日の疲れは深し

57 体型の変わりし身には馴染まざる肩のパットを服より外す

58 芽ぐみしは小学生の頃なりし歌の心のいまに枯れざる

59 兵たりて父の死知らず還り来しかの日の痛み今に忘れじ

60 大戦に召集三度受けしわれ九十三の誕生日来る

61 切り揃えし爪夕凪の色を帯び避難の海を身に研ぎ澄ます

62 温暖化と言われて来しも確かなる季到来の美しき雪降る

63 出奔せし七七さがしにゆく四国きっぷに青春の名うつくしき

64 八幡宮高みに仰ぎ舞殿に並みて新年の幸を祈りき

65 大声で去年は豆を撒きし夫彼岸で撒くかその声はせず

66 どの部屋も灯りともせり寒の夜は子が居て夫居しあの日のように

67 熊を狩るアイヌは〝小さな木の子〟に祈りしと祈りて猛き熊にむかいぬ

68 幾十年棚に忘れし一体のニポポ掌に触るれば重し歳月

69 高枝に三羽の鳥諍えりこじれし訳をうかがいましょか

70 鬼どもの追ひ払はれし怨みなれ汚濁諸悪を暴きてやまず

71 人生の愉楽は食・性・読書とぞ寂聴幾歳の頃にありしか

72 小言浴び孫は気晴らしにピアノ弾き狂いし一音殊更たたく

73 吹奏にトランペット吹きし男孫一音狂いしピアノに遊ぶ

74 内裏雛飾れる部屋にちちははのつつましかりし願ひを思ふ

75 ひそやかにあり経し文もいまはもう人はいづへに知るよしもなく

76 変体仮名かかむとせしころ師匠なる父は逝きたりひたすらに悔ゆ

77 五十二で早期退職せし夫に町内会の役が舞い込む

78 駅近き田を埋めたてて作られし駐輪場は黄色のテント

79 春近き畑を訪いきて猪の埋めし水路を掘り直したり

80 荷担せしと若きになじられただ黙す言葉にならない戦争ありき

81 死にし猫の診察券を大切に持ち歩くいつか用あるように

82 小型なれど石選り機能も内蔵す　父為ししごと掌にとりて見ぬ

83 大屋根にかかりて淡きあまのがわすでに消えしはいずれの星か

84 鷺や鵜の宿りいし木は伐られしや君が御陵のとりとめもなし

85 逆手にて筆持ち左の眉を引く旅に覚えし仕草のひとつ

86 うどんでも食わむかと言い立ち寄りし食事どころのかたくりの花

87 身を削るごとき執筆に成りし戯曲君のこゑと聴く歌ふ台詞も

88 切羽詰まりし場面はあの時ただ一度踏切事故の夜のもどりく

89 床の間の雛人形に甦る師とともに見し懐かしき日よ

90 菊をのみ選びをりしがけふやよひ梅と桃とを仏に供す

91 狐の面付けて過ぐしし村祭り　地図をひらけば思ひ出の見ゆ

92 妹の入学式は雪なりきあの頃東京はよく雪降りき

93 電車が止まれる大雪の日の夫と子は弁慶号の雪像作りき

94 神のみの知りゐし時代褪せゆきて医師は胎児の性別を告ぐ

95 軒深く巣ごもりし燕ひくひくとはみ出したる尾羽光らす

96 子燕の孵る日ま近くなりゐしか尾羽をさやと立てて動かず

97 北国に住みたる友の逝きしより旭川の天気が素通りをする

98 お雛さま飾ることなき老い二人頂きし餅を食べて寿ぐ

99 内視鏡に映し出されし直腸のわが癌の顔「癌」の字に似る

100 ふしぎなる人なりしかな翁にて時にみどりご時に女性の

あとがき

第二歌集『からくり時計』につぐ、第三歌集である。平成十六年から平成二十五年までの波濤に在籍していたときの作品を中心に、短歌現代や短歌新聞の掲載短歌、いなみ野学園短歌クラブの講師作品をまとめたものである。それに加えて、波濤誌に載せた文章、神戸女子大学に提出した修士論文を採録した。

十八歳で作歌を始めて以来、私は、「事実報告の歌にすぎない」と評価されてしまうような、短歌を作り続けている。平凡なありきたりの日常生活の中に、素材を求め、細々と短歌を作り続けてきた私は「ろうそくの炎が僅かの風にふっと揺らぐような、そんな心の揺らぎ」を追い求めて短歌を作ってきた。作品の中に私の「心の揺らぎ」を読み取っていただければ幸いである。

なお、「現代短歌に使われている文語文法は、間違いだらけ」と歌会の席上よく批評されている。では、正しい文法は何を規範とすればいいのか。悩んだ末、神戸女子大学大学院に社会人枠の学生として入学させてもらった。三保忠夫教授ご指導のもとで、修士論文を書いた。つたない論文であるが、私の歌人としての足跡として、そのまま歌集の最後に収録した。

なお、歌集を編むについて、原稿に目を通し、相談に乗ってくれた歌友に感謝します。また、出版の一切を引き受けてくださった現代短歌社の道具武志氏はじめ皆様に厚くお礼申し上げます。つたない歌集ですが、忌憚のないご助言、ご感想をお寄せいただければ幸いです。

平成二十七年八月

高橋睦世

著者略歴

高橋　睦世（たかはし　むつよ）

歌人
昭和18年12月22日　神戸に生まれる
昭和37年より作歌を始める
平成11年３月　第１歌集『薄き月』出版（短歌新聞社）
平成19年９月　第２歌集『からくり時計』出版（短歌新聞社）
平成23年３月　エッセイ集『むっつりむっちゃん』出版（神戸新聞総合出版センター）
兵庫県歌人クラブ会員
ポトナム短歌会同人
いなみ野学園短歌クラブ講師
やまびこ短歌会主宰

歌集 ゆらりゆうらり

平成27年10月10日　発行

著　者　高　橋　睦　世
〒654-0151 神戸市須磨区北落合4-32-13
発行人　道　具　武　志
印　刷　㈱キャップス
発行所　**現代短歌社**

〒113-0033 東京都文京区本郷1-35-26
振替口座　00160-5-290969
電　話　03（5804）7100

定価2500円（本体2315円＋税）
ISBN978-4-86534-120-1 C0092 ¥2315E